双葉文庫

若旦那道中双六【一】

てやんでぇ！

金子成人

目次

若旦那道中双六《すごろく》【一】

てやんでぇ！

第一話　若旦那お発《た》ち

一

着物の両袖《りようそで》を奴凧《やっこだこ》のように広げた巳之吉《みのきち》が、ちゃらちゃらと草履《ぞうり》を鳴らして荒布橋《あらめばし》を渡っていた。

ほどなく桜の噂《うわさ》が飛び交《か》う、天保《てんぽう》十三年（一八四二）の二月中旬である。

かぁ。巳之吉の頭上で烏《からす》が啼《な》いた。

「馬鹿にしたような声を出しやがって」

腹の中で毒づくと、巳之吉は足を止めて睨《にら》みつけた。

烏が二羽、南のほうへと飛んでいた。

おそらく、築地《つきじ》の本願寺《ほんがんじ》を塒《ねぐら》にしているやつに違いない。

橋の上から見回した日本橋《にほんばし》や神田《かんだ》一帯が西日を浴びていた。

あとわずかで七つ（四時頃）という頃合いである。

早朝から賑わう米河岸《こめがし》、芝河岸《しばがし》、魚河岸《うおがし》のあたりは静まり返っていた。

「こりゃ『渡海屋《とかいや》』の若旦那、お久しぶりで」

「おう、精が出るね」

巳之吉は横を駆け抜けた棒手振《ぼてふ》りに笑顔で応《こた》えたが、その顔に見覚えはなかった。

『渡海屋』の若旦那と知っているところを見ると、霊岸島《れいがんじま》のあたりを駆けまわる棒手振りの一人だろう。

こっちが知らなくても、向こうに顔が知られているということは今までもよくあったから、声を掛けられれば愛想《あいそ》よく返答することにしている。

巳之吉は、七年来の友人、女形《おんながた》の市村右女助《いちむらうめすけ》が舞台に出ていたから、

「ちょいと見てやるか」

と、昼過ぎに芝神明《しばしんめい》の宮地《みやち》芝居を覗いたのだが、一刻（約二時間）もすると飽《あ》いた。

お世辞《せじ》にも面白い芝居とは言えず、右女助の楽屋に顔も出さずに小屋をあとにしてきた。

「おい巳之、南新堀《みなみしんぼり》に帰るのか」

声が掛かったのは、巳之吉が江戸橋《えどばし》を渡って日本橋川の畔《ほとり》を歩いているときだった。

火消し半纏《ばんてん》を着た幼馴染《おさななじ》みの岩松《いわまつ》が小路から足早に現れた。

「南新堀に戻ろうかどうしようか、思案していたところさ」

巳之吉が気のない返事をすると、

「家に帰るか、どこの女のとこに行こうかと思案してたんだろう、ちきしょうめ」

「岩ちゃんは」

「日本橋の料理屋に頭《かしら》を送り届けたから、今日の仕事は終わりだ」

岩松は、火消し弐《に》番組『千《せん》』組の平人足《ひらにんそく》である。

巳之吉よりひとつ年上の二十六だが、幼い時分から『岩ちゃん』『巳之』と呼び合う間柄だった。

岩松は霊岸島　銀《しろがねちょう》町にある鍛冶屋《かじや》の倅《せがれ》である。

家業は長兄が継いで、次男の岩松は火事を消すほうに回った。

「丑《うし》と久しく会ってねぇな」

歩き出すとすぐ、岩松が共通の幼馴染みの名を口にした。

丑寅《うしとら》という、東湊町《ひがしみなとちょう》の船宿《ふなやど》の長男だった。

「おれは十日ばかり前、稲次郎《いなじろう》親分と自身番《じしんばん》に入っていくのを見かけたぜ」

「捕り物か」

「さぁ」

巳之吉が首を捻《ひね》った。

丑寅は、八丁堀亀島町《はっちょうぼりかめじまちょう》の目明《めあ》かし、稲次郎親分の下《した》っ引《ぴ》きである。

年の離れた姉が婿《むこ》を取った三年前、実家を出ていた。

「船宿の亭主に収まるつもりはない」

常々口にしていた丑寅にすれば、姉の婿取りはもっけの幸いだった。

「巳之、お前とも久しぶりに会ったんだ。丑の野郎を呼び出して、久しぶりに三人で一杯やろうじゃねぇか」

「いいねぇ」

巳之吉の声が弾《はず》んだ。

海賊橋《かいぞくばし》を渡った二人は、南茅場町《みなみかやばちょう》の小路へと入り込んだ。

小路を抜けて、町奉行所の同心《どうしん》の組屋敷が建ち並ぶ八丁堀に出た。

丑寅の住む嘉平店《かへいだな》は、八丁堀の組屋敷が途切れた先の金六町《きんろくちょう》にあった。

巳之吉は久しぶりに嘉平店の木戸を潜《くぐ》った。

「火なんか熾《おこ》してやがる」

巳之吉が、路地に出した七輪《しちりん》に息を吹きかけている男の背中を指さした。

「おい、丑」

岩松の声に、煙を手で払いながら振り向いたのは丑寅である。

「飯の支度ならよせ。久しぶりにどこかに繰り出そうということになった。な？」

岩松が巳之吉を振り向いた。

「いつもの『鈴《すず》の家《や》』にするつもりだったが、どうだい、今夜はひとつ深川《ふかがわ》に足を延ばそうじゃねぇか」

巳之吉が、二人に笑みを向けた。

「けど、おれ、持ち合わせがよぉ」

「丑、そんなことはおれに任せりゃいいんだよ」

巳之吉がぽんと胸を叩くと、丑寅の顔に笑みが広がった。

秋の大祭になると富岡八幡宮界隈《とみがおかはちまんぐうかいわい》は人で溢《あふ》れ返る。

近くには永代寺《えいたいじ》、三十三間堂《さんじゅうさんげんどう》もあり、門前町《もんぜんちょう》一帯は一年を通して賑わう場所である。

東方には名だたる材木商が軒《のき》を並べる木場《きば》があり、旦那衆や木場の職人たちが通う料理屋、飲み屋もあれば、深川七場所《ななばしょ》と呼ばれる岡場所もあった。

日本橋、神田からも近いという地の利が、深川に活気を生んでいた。

新川《しんかわ》から仕立てた船に乗り込んだ巳之吉、岩松、丑寅が、富岡八幡の参道に続く船着き場に下りたのは七つ半（五時頃）頃だった。

巳之吉が岩松と丑寅を案内したのは、門前町の一角にある料理茶屋『河邑《かわむら》』である。

「こりゃ若旦那、お久しぶりで」

入口に入ると、女将《おかみ》とともに主《あるじ》まで挨拶《あいさつ》に出てきた。

「今夜は幼馴染み三人で久しぶりに酒を酌《く》み交《か》わそうということだから、色気抜き。食べ物と酒のいいのを見繕《みつくろ》ってほしいね」

「芸者を呼ばなくてよろしいので？」

女将が珍しそうに巳之吉を窺《うかが》った。

「うぅん。それは、成り行きを見てからのことだな」

「承知しました」

女将が頭を下げた。

巳之吉たちが通されたのは、二階の座敷だった。

すぐに酒が運ばれて、徳利《とっくり》を二本空にした頃、台に載った料理が運ばれた。

座敷の外は、一階からの吹き抜けを取り囲むような回廊《かいろう》になっていて、大広間と小座敷が並んでいる。

吹き抜けを挟んだ向かいの部屋から、賑やかな三味線《しゃみせん》や太鼓《たいこ》の音が届いた。

「向こうは賑やかだねぇ」

巳之吉が、幾分忌々《いくぶんいまいま》しげな口ぶりで言った。

「若旦那、ほんとに芸者衆を呼ばなくていいんですか」

料理を皿に取り分けながら、小女《こおんな》がちらりと巳之吉を見た。

「いいんだよ。わたしがいつもいつも芸者遊びをすると思われちゃかないませんよ」

ふんと笑った巳之吉が、じっと見ている岩松と丑寅の眼に気付いた。

「お前は芸者遊びに飽いたかもしれねぇけどよ」

岩松がつまらなそうに口を尖《とが》らせた。

「それじゃ、ご用のときはお声を」

　皿を並べた小女が腰を上げた。

「ちょっと待て。酒をあと二、三本。それと、空《あ》いてる姐《ねえ》さんがいたら二人ばかり寄こしてくんな」

「はぁい」

　ふふと笑って、小女が座敷を出た。

「それでこそ巳之吉だ」

　岩松と丑寅が満足げに頷《うなず》き合った。

　三人が食べはじめると、三味線と太鼓の音に混じって、男どもの笑い声が廊下から流れてきた。

「丑よ、去年の十月、堺町《さかいちょう》の中村座《なかむらざ》と市村座《いちむらざ》が焼けたろ」

「うん」

　丑寅が、口を動かしながら岩松に頷いた。

　焼失《しょうしつ》した二つの芝居小屋は、この春、浅草聖天町《あさくさしょうでんちょう》に移転することが決まっていた。

「大きな声じゃ言えねぇが、あの火事は付け火だって言う者がいるぜ」

「ほんとうかい」

巳之吉が岩松を見た。

「芝居やら遊興の場を御城の近くから遠くに追いやろうとする、南町奉行《みなみまちぶぎょう》の差し金に違ぇねぇってさ」

「南町の奉行は誰だい」

巳之吉が丑寅を見た。

「鳥居耀蔵《とりいようぞう》様だよ」

丑寅が口にした名は、巳之吉も耳にしたことはあった。

かなりの切れ者で、北町《きたまち》奉行の遠山金四郎《とおやまきんしろう》と反目《はんもく》しているという。

「なんだかここんとこ、世の中つまらなくなっちまったねぇ」

巳之吉が、くいと盃《さかずき》を呷《あお》った。

五年前の天保八年（一八三七）に十一代将軍家斉《いえなり》が退位して、家慶《いえよし》が十二代将軍に就《つ》いたあたりから雲行きが怪しくなった。

天保十二年（一八四一）に、家斉の側近と言われた連中を追放したことで、にわかに暗雲が垂れこめた。

改革の名のもとに、奢侈《しゃし》禁止、神事祭礼での芝居、見世物の禁止、女髪結《おんなかみゆ》いまでもが禁止となって、息苦しくなっていた。

天保十三年となってすでにひと月半が経《た》つのだが、世上に春の陽気が訪れるのか、皆目見当がつかない。

「先行きが暗いのは、巳之吉、おめぇもだろ」

腹が膨《ふく》れ、酒がかなり回った頃、岩松がぼそりと呟《つぶや》いた。

「おるいちゃんがさっさと嫁に行っちまってよぉ」

「そのことは言いっこなしだよ」

巳之吉の口からため息が出た。

るいというのは、巳之吉の四つ下の妹である。

「『渡海屋』は、おるいちゃんが婿を取るはずだから、おれはこのまま気ままに生きるなんて言ってたもんな」

丑寅が憐《あわ》れむように巳之吉を見た。

「だけど巳之吉、なんでおるいちゃんが婿を取るなんて思ってたんだよ」

「わからねぇか丑、そうなってもらいたいという巳之の願いがそう言わせたんだよ」

岩松の言う通りだった。

巳之吉は、六、七の時分から読み書き算盤《そろばん》を身に付けはじめたのだが、十三、四になった頃、締めつけていた箍《たが》が外れたように遊びに夢中になった。

祖父の儀右衛門《ぎえもん》に諭《さと》され、母親の多代《たよ》には泣きつかれて知り合いの商家に修業に出たのだが、どうにも身が入らなかった。

「巳之吉さんとうちじゃ相性がよくないようで」
二、三の修業先から体《てい》よく追いかえされもした。
祖父も二親《ふたおや》もあきれ果て、巳之吉を他家への修業に出すのは諦《あきら》めた。

「諦められたからにゃ、こっちのもんだ」

巳之吉の遊興三昧《ざんまい》に磨きがかかった。

金がなくなれば、入り婿の父親、鎌次郎《かまじろう》にこっそり頭を下げればなんとかなったし、遊び仲間と組んで、夜の巷《ちまた》を歩けば、声色屋《こわいろや》としても結構稼げた。

その上、ちょっと甘えれば金の工面をしてくれる女も二、三いた。

「ま、おれが巳之吉の親なら身代《しんだい》を任せる気にはならねぇな」

胸を張って岩松が言った。

「おるいが男に生まれていたらなぁなんて、昔、爺さんとうちの親たちが話してるのを立ち聞きして、安心してたのが間違いだった」

巳之吉が二十歳《はたち》になるかならないかの時分だった。

「おれだってそう思うね。おるいちゃんは十二、三の時分から眼から鼻へ抜けてたもんな」

「そうそう」

岩松と丑寅がしみじみと頷き合った。

ところが去年の夏、あっという間に婚儀が整って、おるいは北新堀町の米問屋、『明石屋《あかしや》』の跡継ぎ、米助《よねすけ》と祝言《しゅうげん》を挙げて家を出てしまった。

巳之吉は立場上、廻船問屋《かいせんどんや》『渡海屋』の跡を継ぐ宿命を背負ってしまったのだ。

その後も自棄《やけ》のように遊びまわっていたのだが、気が晴れることはなかった。

「お待たせしましたぁ」

小女が外から障子を開けると、辰巳《たつみ》芸者の染弥《そめや》と小勝《こかつ》が入ってきた。

「若旦那、こんばんはぁ」

十九になったばかりの丸顔の小勝が手を突いた。

「お声を掛けてくだすってありがとうござんす」

細身の染弥が岩松と丑寅にも会釈《えしゃく》をした。

「騒がしいのが来ちまったなぁ。お前さん方、売れ残っていたな」

「何を仰《おつしや》いますやら。わたしら、今夜あたり若旦那の声が掛かりそうだと、待っていたんじゃありませんかぁ。ささ、おひとつ」

徳利を持った染弥が、岩松と丑寅の盃に注いだ。

「若旦那もおひとつ」

巳之吉は小勝の酌《しやく》を受けた。

「お酒が少ないようですよ」

小勝が徳利を振った。

「おれたちゃ酒にも飽きてきた頃だが、姐さん方に茶を飲ませるわけにもいくめえから、酒を頼まぁ」

「はぁい」

廊下に控えていた小女が、障子を閉めて立ち去った。

「今夜はなんだか滅入《めい》ってしまったから、ひとつ賑やかに願いたいもんだな」

「でしたら、宴《うたげ》の始まりらしく、おひらきさんでまいりましょ」

染弥が立ち上がった。

「みんな、お囃子方《はやしかた》を頼むよ」

巳之吉が立って、染弥と向かい合った。

「よよいのよい」

小勝の掛け声で、岩松と丑寅が茶碗や器を調子よく叩きはじめた。

「石拳《いしけん》、石拳、よよいのよい」

巳之吉が拳《こぶし》を出すと、染弥が鋏《はさみ》を出した。

「おひらきさん、おひらきさん」

小勝たちが囃《はや》し立てると、負けた染弥が着物の裾《すそ》を割って足を開いた。

「石拳、石拳、よよいのよい」

巳之吉が掌《てのひら》を開くと、染弥がまたしても鋏を出した。

「おひらきさん、おひらきさん」

囃し立てられて、負けた巳之吉が足を開いた。

石拳に勝って相手の足を大きく広げさせ、ついにはひっくり返らせるという単純極まりない遊びである。

石拳の勝負は五分と五分で進み、巳之吉も染弥もかなり大きく足を開いていた。

巳之吉が今度勝てば、染弥は大股開きのまま後ろにひっくり返るはずだった。

「石拳、石拳、よよいのよい」

染弥の拳に対して掌を開いて出したとき、巳之吉の身体が不覚にもぐらりと揺れて、

「あぁあぁあぁ」

と、悲鳴とともに後ろにひっくり返った。

「ははは」

足を揃《そろ》えて裾を直した染弥がのけぞって大笑いした。

「もう少しで観音様《かんのんさま》を拝《おが》めるってときに、巳之吉のばかやろっ」

岩松が叫んだ。

「相変わらずおめぇは詰めが甘いよ」

丑寅はため息を洩《も》らした。

「酒だ、酒を飲みすぎたせいだ」

ひっくり返ったまま、巳之吉は大きく息を吐いた。

二

障子窓を開けると、家々の屋根の向こうに凪《な》いだ海が望めた。

日が昇ったばかりで、すっと入り込んだ冷気に巳之吉は思わず襟元《えりもと》を掻《か》き合わ

せた。

巳之吉は昨夜、料理茶屋『河邑』の小部屋に泊まった。

岩松と丑寅にも泊まれと勧めたのだが、仕事柄、二人とも家を空けるわけにいかず、千鳥足《ちどりあし》で帰っていった。

窓を閉めた巳之吉は、先刻小女が置いていったお膳《ぜん》の前に座った。

「朝はさらさらと茶づけがいいね」

注文した通り、飯を盛った茶碗があり、傍《そば》には漬物の小鉢《こばち》とあみの佃煮《つくだに》があった。

土瓶《どびん》の茶を飯にかけて、さらさらと口に流し込んでいると、

「若旦那おはようございます」

女将が腰を折って入ってきた。

「昨夜はいかがでございました」

「売れ残りの芸者が来てくれたおかげで座は賑わったよ。それに酒がよかった。あれは下《くだ》り酒《ざけ》だね」

「そりゃようございました」

女将が胸の前で、蝿《はえ》のように両手をこすり合わせた。

「で、若旦那、ひとつお勘定《かんじょう》のほうを」

「お、そりゃそうだ。勘定を取らねぇと商売は上がったりだ。書付《かきつけ》があるなら見せてもらおう」

「はい」

女将は懐《ふところ》から小さな紙切れを出して、巳之吉のお膳の上に載せた。

「三分と三朱（約九万四千円）か。一両（約十万円）の中で収めさせてやろうという女将さんの気遣《きづか》いが見えるね」

「恐れ入ります」

「これはうちのほうに回しておくれ」

巳之吉が、書付を女将に押しやった。

「うちと言っても『渡海屋』じゃないよ。お父っつぁんのほうにそっと」

「え、ははは。今日は是非にも若旦那から頂きたいのでございます」

困ったような笑みを浮かべた女将が、揉《も》み手《で》をした。

「あれ、女将さん、水臭《みずくさ》いことを言うじゃないか。昨日今日客になったわけじゃあるまいし、今まで通りすっとうちのほうに回せばいいじゃないか。野暮《やぼ》は言いっこなしだよ」

「こちらとしては、お宅にお回ししてもよいのですが」

「だったらいいじゃねぇか」

「半月前でしたか、『渡海屋』のお内儀《ないぎ》がこちらに見えられて、若旦那に付けはなしにしてくれと、こう仰いまして」

「おっ母さんが」

巳之吉の声がかすれた。

「巳之吉が遊んだ分は、巳之吉から取ってくださいと。もし払えないときは、『河邑』で働かせてでも支払わせるようにと、そう申されまして」

巳之吉は、箸《はし》を持つ手を止めたまま声を失った。

「そうしていただけないなら、うちとしては『河邑』とはこれ以上の付き合いはできないとまで。『渡海屋』さんにそうまで言われますと、こちらとしてはなんとも」

女将が手を突いて、額《ひたい》をこすりつけた。

食べる気の失《う》せた巳之吉が箸を置くと、あぁあと切ない声を洩らした。

「いかがいたしましょう」

手を突いたまま、女将が巳之吉を見上げた。

ポンと、いきなり巳之吉が両手を打った。

「女将さん、これからすぐ店の若い衆に使いに立ってもらいたいんだがね」

「お宅へ？」

片手をひらひら打ち振った巳之吉が、

「北新堀の米問屋『明石屋』だよ」

巳之吉が囁《ささや》いた。

「跡継ぎの米助をそっと呼び出して、おれが一両を借り受けたいと言ってると、そう頼んでもらいたい。米助だよ。決してほかの者に知られないように、こっそりとだよ」

巳之吉が念を押すと、女将が大きく頷いた。


日が大分昇った永代寺門前町に人出があった。

参拝《さんぱい》の人もいるが、多くは寺社の庭をそぞろ歩こうという行楽の連中だった。

ついさっき、北の方角から微《かす》かに鐘の音が届いたが、四つ（十時頃）を報《しら》せる本所入江町《ほんじょいりえちょう》の時の鐘だと思われる。

「金が届くまで何か手伝わせてもらうよ」

『河邑』の若い衆が『明石屋』に向かったあと、巳之吉が申し入れたのだが、

「若旦那はどこかその辺で時を過ごしていてください」

女将はやんわりと断った。

一刻ばかりのんびり歩きまわった巳之吉は『河邑』に戻った。

裏口から入って、帳場に向かった巳之吉の足がびくりと止まった。

「先ほどからお待ちでして」

帳場に座った女将の傍で、ぴんと背筋を伸ばして座っていたるいが巳之吉に振り向いた。

「あにさんお久しぶり」

るいが、冷ややかな声を掛けた。

「うちの使いは、確かに『明石屋』の若旦那にだけ」

女将が、座り込んだ巳之吉に頭を下げた。

「米助さんの様子がこそこそと変だから問い詰めたら、あっさり白状したのよ」

巳之吉は、るいの勘が鋭いことを忘れていた。

「あにさんの道楽にうちの人を巻き込むのは、金輪際《こんりんざい》やめてね」

「う、うん」

揃えた膝《ひざ》に両手を突いて、巳之吉は頭を下げた。

「それじゃ、これを」

るいが、一両を女将の前に置いた。

「すぐに釣りを」

「それはいいんです。『河邑』さんの迷惑料込みで一両受け取ってもらうよう、祖父に言いつかってきました」

「ご隠居《いんきょ》さんが」

女将があんぐりと口を開けた。

「おるい、それじゃその金は」

「おじいちゃんから出た一両よ」

祖父、儀右衛門の顔が眼に浮かんで、巳之吉の身体がにわかにすくんだ。

大川《おおかわ》に架かる永代橋の西岸あたりが、霊岸島と呼ばれる一帯である。

東西に流れる日本橋川の北側に北新堀町があり、南側には酒問屋、醤油《しょうゆ》問屋などの大店《おおだな》が軒を並べる、浜町《はまちょう》や南新堀町などの町々があった。

周囲には水路が走り、西には日本橋、室町《むろまち》の商業地が控え、大川に面した霊岸島から江戸湾までは眼と鼻の先だった。

そんな地の利が霊岸島を水運、海運の要地にしていた。

主に西国、上方《かみがた》から江戸への海上物流を担《にな》っていたのが廻船問屋である。

周辺に、御船手《おふなて》屋敷、御船蔵《おふなぐら》が多いのは土地柄のせいだった。

「あにさん、今日はこのまま家に戻っていてくださいね」

深川の『河邑』を出るとすぐ、るいが言った。

「おじいちゃんが南新堀に顔を出すそうだから、一度『明石屋』に戻って、わたしも昼頃には伺《うかが》います」

大川端町《おおかわばたちよう》の隠居所から、わざわざ儀右衛門が出向いてくるというからには、巳之吉の行状《ぎようじよう》が俎上《そじよう》に上がると思われる。

永代橋を西に渡った豊海橋《とよみばし》の袂《たもと》で、るいは北新堀町へと向かった。

巳之吉は豊海橋を渡って右へ折れた。

「若旦那、顔色がよくありませんね」

水主《かこ》を二人引き連れた身体のがっしりとした大男が立ち止まった。

「平五郎《へいごろう》さん、江戸に戻ってたのかい」

「三日も前ですよ。それをご存じねぇってことは、家を空けておいでですたね」

日に焼けた平五郎の顔が笑った。

廻船問屋『渡海屋』の持ち船、『雷神丸《らいじんまる》』の船頭である。

「今度、船出はいつだい」

「下り酒を運ぶ来月まで江戸にいますよ」

「そのうち一杯やろうよ」

陽気に声を掛けて歩き出した巳之吉の足取りが、『渡海屋』に近づくにつれて重くなった。

『渡海屋』の裏手に回った巳之吉は、勝手口から母屋《おもや》の台所に入り込んだ。

「おかみさん、若旦那がお戻りですよぉ」

二十年以上前から台所女中をしているお亀《かめ》が、竈《かまど》の前で声を張り上げた。

ばたばたと足音がしたかと思うと、多代と鎌次郎が板張りに駆け込んできた。

「巳之吉お前、いったいどこをほっつき歩いていたんだい」

いきなり、多代の声が飛んできた。

「今朝、大川端のお義父《と》っつぁんから、巳之吉が戻ったら家に足止めしておくようにって言付けがあったんだよ」

鎌次郎が、多代の横でおろおろと巳之吉を窺った。

「じいちゃんがおれに話があるってことは、おるいから聞きました」

「どうして、おるいが知っているのさ」

多代が眼を吊りあげた。

「あ、いや、それがどうしてだか、おれにはなんとも」

巳之吉は、曖昧《あいまい》に誤魔化《ごまか》した。


巳之吉が『渡海屋』に戻って四半刻《しはんとき》(約三十分)ばかり経った頃、

「座敷においで」

自分の部屋で寝転んでいた巳之吉が、鎌次郎に声を掛けられた。

鎌次郎に続いて廊下を進み、座敷に入った。

多代とるいを両脇に中庭を眺《なが》めていた儀右衛門が、巳之吉のほうにゆっくりと顔を巡《めぐ》らせた。

今年六十八の儀右衛門に老《お》いの様子は見られない。

背筋もぴんと伸びて、かくしゃくとしたものだ。

「ともかく、お座り」

のんびりと口にして、儀右衛門が床の間を背に腰を下ろした。

儀右衛門の左側に多代と鎌次郎が並んで座り、右側にるいが座った。

巳之吉がるいの横に行こうとすると、

「お前はそこ」

儀右衛門が、自分の眼の前を顎《あご》で指した。

言われるままに座った巳之吉が思わず見回した。

奉行所のお白洲《しらす》に引きすえられた罪人の定席《じょうせき》ではないか。

「今日は、わたしがかねてから考えていたことを巳之吉に、いや、みんなにも聞いてもらおうと思ってね」

儀右衛門の声は穏やかだった。

頭髪やまゆ毛に白髪が混じってはいるが、顔の色つやもよく、少し窪《くぼ》んだ双眸《そうぼう》にも精気が漲《みなぎ》っていた。

口ぶりは穏やかだが、それを真に受けるととんでもないことになる。

儀右衛門が海のあらくれ男を相手に、笑みを湛《たた》えながら凄味《すごみ》を利かせた姿を巳之吉は小さい時分に眼にしたことがあった。

「巳之吉に、旅に出てもらおうと思うんだ」

笑みを湛えた儀右衛門が口を開いた。

「旅といいますと」

巳之吉が顔を突き出した。

「富士《ふじ》の山開きにはまだ早いんじゃありませんか」

多代が儀右衛門を窺うように見た。

「おっ母さんの言う通りだよ。それにあたしゃ、毎年、江戸の富士塚で間に合わせておりまして」

巳之吉が胸を張った。

「音羽《おとわ》富士に深川新富士に品川《しながわ》富士、みんな色街《いろまち》の近くだわ」

るいが顎を突き出した。

「手始めに、東海道を西へ、都《みやこ》まで上ってみないか、巳之吉」

「へ？」

口を半開きにしたまま、巳之吉が儀右衛門を見た。

「それは、何をしに」

「世間というものを知るためさ」

「じいちゃんもご存じのように、あたしゃ江戸をくまなく飛び回っておりまして、世間とは何か、大概は承知しておりますがね」

「お前の言う世間は、たかだか江戸だけだ。それも繁華な遊び場のことだ。お前には、江戸を出て、世の中の広さを知ってもらいたいのだよ」

口ぶりは穏やかだが、儀右衛門が口にしたことは命令と同じだということを、家の者はみんな知っていた。

「巳之吉のため、ひいては廻船問屋『渡海屋』のためにいっぺん苦労をしてみるんだよ」

儀右衛門は淡々と思いを口にした。

るいが他家に嫁《とつ》いだ今、『渡海屋』を継ぐ者は巳之吉のほかにいない。

だが、廻船問屋の実際を知らない巳之吉が家業を継ぐのは無理だと儀右衛門は言った。

「でしたら、お父っつぁんとおっ母さんに然《しか》るべき養子を取ってもらうとか」

「いやだよわたしは」

頭のてっぺんから抜けるような声を出した多代が、巳之吉を睨みつけた。

「仮にだが、養子を取ったとき、巳之吉、お前はどうする」

「今のままでもなんとか凌《しの》いでますから」

「どのくらいまで凌げるんだい。三十か四十か。足腰が立たなくなった頃、誰がお前に手を差し伸べてくれるんだ」

物言いは穏やかだったが、儀右衛門の眼は巳之吉を見据《みす》えていた。

巳之吉は言葉に詰まった。

「あとは、養子に行くしかないが、商人《あきんど》の何かも知らず、遊び人の噂の立ったお前を養子にもらいたいという物好きは、どこにもあるまいよ」

儀右衛門が、突き放すように言った。

「それで、どうしてあにさんを旅に？」

るいが儀右衛門を見た。

「世間の狭い者に旅は一番なんだよ。さまざまな人と出会う。思いもしない出来事にも遭《あ》うだろう。それを己の裁量で切り抜けにゃならん。それだけでも商人としても、男としても、修業にはなる」

「だけどお父っつぁん、巳之吉を一人で東海道っていうのは――、旅に立つときは水盃《みずさかずき》を交わすっていうくらい、危ないと聞いてますし」

多代が恐る恐る儀右衛門を見た。

「そんな思いをして得たものは、『渡海屋』を継ぐにしても、養子に行くにしても、必ずや役に立つと、わたしは思うがね」

多代と鎌次郎を見た儀右衛門が、巳之吉に眼を転じた。

「へへへ、どうも、じいちゃんのありがたい御託宣《ごたくせん》ではありますが、長年江戸の水に慣れ親しんでますと、他国の水が合わないということもありまして。腹を下したりとか、病《やまい》に倒れたりとか。わたしはまだ、旅の空で死に急ぐような目に遭いたくはありませんので、謹《つつし》んで、お断りさせていただきます」

巳之吉が、神妙に手を突いた。

三

居酒屋『鈴の家』は、霊岸島と八丁堀を繋《つな》ぐ亀島橋の西側にあった。

客のほとんどが、近隣の屋敷の中間《ちゅうげん》や河岸の人足、職人たちである。

話し声が飛び交う入れ込みの奥で、巳之吉、岩松、丑寅、それに役者の右女助が額を寄せ合っていた。

巳之吉が、儀右衛門から旅に出ろと言われた一件を丑寅に話すとあっという間に広がって、心配して集まったのだ。

儀右衛門から旅の話が出た二日後の夜である。

「断ったということは、『渡海屋』を継ぎませんと言ったもおんなじだな」

岩松が、巳之吉の盃に注ぎながら呟いた。

「おれはそのつもりだ」

巳之吉が、盃を一気に呷った。

「ということは、『渡海屋』の暖簾《のれん》を守るには、養子を取るしかないということじゃないか」

「それでいいんだよ」

巳之吉は右女助にぞんざいな返答をした。

「それでいいのか」

丑寅が思わせぶりな物言いをした。

「おい丑」

「『渡海屋』が養子を取りさえすりゃ上手《うま》くいくなんてのは、甘いぜ、巳之吉」

「どういうことでござんすえ」

女形の右女助が芝居じみた口ぶりで丑寅を覗き込んだ。

「養子に取った男が気のいい奴ならいいよ。だが、そいつが『渡海屋』をいいようにして、巳之吉を家から追い出すということもある」

「なに」

「養子のことで悶着《もんちゃく》が起きて、刃傷沙汰《にんじょうざた》にまでなった家を、おれは腐るほど眼にしたぜ」

亀島町の親分の下っ引きになって六年の、丑寅の言葉には重みがあった。

「そういう揉め事のあげく、入った先に火をつけたっていう養子がいたなぁ」

幸い小火《ぼや》で済んだがと、岩松が腕を組んで唸《うな》った。

「脅《おど》かすなよ」

巳之吉が、心細げな声を出した。

「下手《へた》したら、『渡海屋』ごと乗っ取られるということもありますからねぇ」

盃を口に運ぶ右女助に、三人の眼が集まった。

「養子といえども主ですから、年月をかけて『渡海屋』を牛耳《ぎゅうじ》って、ついには巳之さんの二親、大川端のご隠居まで追い出すってこともあるんじゃありませんか。芝居じゃよくある話ですよ」

右女助がさらりと言ってのけた。

これまで巳之吉が遊び呆《ほう》けていられたのは、何かあれば帰る家があったからだ。

その拠《よ》りどころがなくなるという事態になれば、いったいどうしたらいいのか。

　巳之吉の胸がざわついていた。

「芝居の話はともかくとして、おれが心配してるのは、『渡海屋』を継がねぇだの旅に行くのも嫌だと意地を張る巳之が勘当されやしねぇかってことだよ」

　丑寅が小声で言った。

　親から勘当をされた者にどんな暮らしが待っているか、巳之吉も知らないわけではなかった。

　勘当となれば、人別《にんべつ》から外されて無宿人《むしゅくにん》となる。

　無宿人になれば、身元の保証をする請人《うけにん》もなく、まともな仕事に就くこともままならない。裏店《うらだな》に住もうとしても請人のいない者に貸し手はない。

　髪結い床で髪を結うこともできない。

「遊蕩《ゆうとう》のあげくに勘当を受けて、とうとう盗みにまで手を染めてお縄になった奴もいたからさ」

　丑寅の言葉が巳之吉に突き刺さった。

「けど、おれが勘当になっても、お前たちは見限ることはないだろう」

「おう、それは請け合うよ」

た。

岩松が言うと、

「おれもだ」

丑寅も頷いた。

「行くところがなくなったら、わたしのところにおいでよ。食べさせてあげる」

右女助もそう言ってくれたが、得体の知れない不安が巳之吉の心中をよぎった。


手枕をして寝転んだ巳之吉の耳に、ちんちんと鉄瓶《てつびん》の鳴る音が届いた。

長火鉢《ながひばち》に掛けられた鉄瓶から湯気が立っていた。

昨夜『鈴の家』の表で岩松たちと別れた巳之吉は、その足で湯島切通町《ゆしまきりどおしまち》の秀《ひで》蝶《ちょう》の家に転がり込んでいた。

からりと表の戸の開く音がして、

「お師匠さんありがとうございました」

若い娘二、三人が口々に挨拶をすると、下駄《げた》を鳴らして帰っていった。

五つ半（九時頃）に始まった踊りの稽古が、一刻ばかりで終わった。

襖《ふすま》を開けて入ってきた秀蝶が、

「ねね巳之さん、さっきの続きだけどさ」

寝転んだ巳之吉の尻をとんと叩いた。

「まさか、旅に出ようなんて言うんじゃあるまいね」

秀蝶が、長火鉢の前で茶を淹《い》れはじめた。

「出やしねぇよ。ただ、そんな話が持ち上がったが、断ったよ」

巳之吉が身体を起こした。

「ほんとだね。旅先でもしものことがあったら、残されたわたしはどうしたらいいのか、それが心配でさぁ」

「きっぱり断ったって言ったろ」

そう言ったものの、巳之吉の決意は、昨夜の『鈴の家』から揺れ動いていた。

鉄瓶の湯を急須《きゆうす》に注いでいた手をふっと止めた秀蝶が、

「家の人に逆らって、勘当されるってことはないのかい？」

巳之吉の顔を見た。

「どうして」

「そんなことになったら、若旦那などと言ってられなくなるからさ」

まさか、秀蝶の口から勘当の二文字が飛び出すとは思わなかった。

「そんときゃあ、おめぇがなんとかしてくれるんだろう」

「今だって、やっとのことでお飯《まんま》にありついてるくらいだよ。巳之さんの面倒まで見て、どうやって暮らしを立てればいいのさ」

秀蝶は、口先を軽く尖らせて呟いた。

「踊りの稽古で実入りがあるじゃないか」

「なんですか、わたしにおんぶしようたって、そりゃ無理ですよ」

猫板《ねこいた》に湯呑《ゆのみ》を置いた秀蝶が、あらぬほうを向いた。

小さなため息をつくと、巳之吉は火鉢に両手を突いて腰を上げた。

「お茶は」

「いらねぇ」

言い捨てて、巳之吉は戸口へと向かった。

日が真上に昇った南新堀の河岸は、積荷を船に載せたり下ろしたりする人足たちで活気があった。

それを横目に、巳之吉が足早に通り過ぎた。

秀蝶には何かと世話になったが、巳之吉にしても踊りのおさらい会を開くときには金の援助だってしたのだ。

勘当されるかもしれないと知ると、にわかに、巳之吉には関わるまいとした秀蝶に腹が立って、ついつい早足になってしまった。

金の切れ目が縁の切れ目とはよく言ったものだ。

「あ、若旦那」

『渡海屋』の表で水を撒《ま》いていた手代《てだい》の信吉《しんきち》が、巳之吉の腕を取って、入口の脇へと引っ張った。

「中に、若旦那を訪ねて女の人が」

信吉が囁いた。

「若旦那は留守だと言ったんですが、お帰りになるまで待ちますなんて言うんですよ。こりゃ若旦那には厄介《やっかい》な相手じゃないかと思いまして」

巳之吉が戸口の陰からそっと中を覗いた。

土間の隅の框《かまち》に、鼠色《ねずみいろ》に黒の棒縞《ぼうじま》の地味な着物を着た女が重苦しい顔で掛けていた。

二年前から関わりを持つようになった、亭主持ちの千代《ちよ》だった。

巳之吉は慌《あわ》てて顔を引っ込めた。

「よく知らせてくれた。おれはこのまま消えるから、あとは頼んだよ」

「そりゃいけません」

信吉が巳之吉の袖口《そでぐち》を掴《つか》んだ。

「若旦那が戻るまで、一日でも二日でも待つなんて言ってましたから、放っておくとえらいことになりますよ」

巳之吉から大きなため息が出た。

「大神宮《だいじんぐう》に来るように言ってくれ」

信吉に託すと、巳之吉は『渡海屋』の表から引き返した。


大神宮は『渡海屋』のある南新堀町の南、新四日市町《しんよっかいちまち》にあった。

社殿の階《きざはし》に腰を下ろした巳之吉が、大きなため息を洩らした。

「どうか、わたしを一晩買ってください」

巳之吉が、浅草、三味線堀《しゃみせんぼり》を歩いていたとき、声を掛けてきたのが千代だった。

夜鷹《よたか》ではなく、見るからに素人女《しろうとおんな》だった。

やつれた女を相手にする気はなく、近くの道端に出ていた酒売りの屋台に誘って話を聞いてやった。

亭主が稼ぎを家に入れない、博打《ばくち》に手を出す、千代がこつこつ貯めた小銭までむしり取るという、どこにでもある事情を抱えて夜の暗がりに立つようになったという。

別れ際、聞き代として一朱（約六千円）を渡すと、

「明日の夜もおなじところに立っていますから」

立ち去る巳之吉の背中で女の声がした。

翌日の夜、湯島の秀蝶の家からの帰り道、なんの気なしに三味線堀を通りかかると、物陰に千代がいた。

その夜は池之端《いけのはた》の出合茶屋《であいぢやや》にしけ込んだ。

千代はそれ以来、巳之吉にしがみついてきた。

純と言えば純な千代の一途《いちず》さが、このところ巳之吉の気を重くしていた。

あぁあと、小さくため息をついたとき、鳥居を潜って一目散に駆け寄ってくる千代の姿が眼に入った。

「巳之さん、わたし、うちの人とは別れることにしました」

肩で息をしながら、千代が一気にまくし立てた。

巳之吉が、弾《はじ》かれたように階から腰を上げた。

「とうとう我慢が切れてしまったわ」

「いや、だけど」

「これからは、巳之さんを頼るしかないの」

あわわわと、巳之吉は言葉にならない声を出した。

「いつだったか、女房にするならお前だと言ってくれたじゃありませんか。千代ともっと前に会ってればよかったって」

そんなことを言ったような気もするが、言ったとしても閨《ねや》の戯言《ざれごと》だ。

「わたしを、巳之さんのおかみさんにしてくれますよね」

断りでもしようものなら、その場で舌を嚙《か》み切ってしまいそうな勢いである。

「うん。おれはそのつもりだったが、旅に出なきゃいけねぇ」

巳之吉の口から咄嗟《とっさ》に言葉が出た。

眼を丸くした千代が、口を半開きにした。

「爺さんの言いつけでな、東海道を西に行くことになったんだ」

巳之吉が、大きく息を吸った。

「行き帰りにひと月ばかりかかる道のりだが、修業を兼ねた旅だから、いついつまでに帰り着くともわからねぇんだ。おれが江戸にいさえすれば嫁にだってするものを、旅へ出るとなるとねぇ」

巳之吉が重々しい顔をして俯《うつむ》いた。

「待つわ」

千代が、ぽつりと呟いた。

「亭主と別れるのは、巳之さんが江戸に帰るまで我慢して待つわ」

「そうしておくれ」

巳之吉が、深々と頭を下げた。


大神宮の外で千代と別れた巳之吉が、南新堀の河岸を足取りも軽く歩いていた。

「おい、巳之」

湊橋《みなとばし》の袂を通り過ぎたとき、男の声がした。

着物と同じ鶯《うぐいす》色《いろ》の羽織《はおり》をまとった為三郎《ためさぶろう》が、信玄《しんげん》袋《ぶくろ》を揺らしながら橋を渡ってきた。

北新堀の油屋の三男だが、一年前、同じ町内の旅籠《はたご》の養子になっていた。

南新堀町と北新堀町の悪童どもは、両町に架かる湊橋を境に何年もの間睨み合っていた。

巳之吉や丑寅、岩松が南側の中心で、北側の頭分が為三郎だった。

何が元でいがみ合い、喧嘩《けんか》をしていたのか今ではもう忘れたが、お互い十五の年を境に、睨み合いはぷっつりと収まっていた。

「おめぇ、旅に出るのを恐がって逃げ回ってるんだってな」

為三郎が片頬《かたほお》で笑った。

「誰がそんなこと抜かしやがった」

「『明石屋』に嫁いだるいちゃんから聞いたよぉ」

声もなく、『あ』と巳之吉が口を開けた。

「おめぇが旅に出るとすりゃ、せいぜい品川までだろう。東海道を西に上るなんぞ、意気地のねぇおめぇにゃ無理な話だぁ」

「何言ってやんでぇ！」

むきになった巳之吉が、

「おれはよ、ついさっき旅に出ることに決めたんだよぉ」

勢いのままに言葉を重ねた。

「ほう、そりゃおもしれぇ。無事に戻ってこられるかどうか、楽しみに待ってるぜ」

ふふと笑った為三郎が、かつかつと下駄の音を立てて巳之吉の横を通り過ぎた。

「てやんでぇ！」

巳之吉が、為三郎の背中に吠《ほ》えた。

四

大川の川風が小さな庭を吹き抜けていた。

開けていた障子を閉めて、ゆっくりと巳之吉の前に座った儀右衛門が、

「そうか。決めたか」

淡々と口にした。

神妙に膝を揃えていた巳之吉は、ただ、こくりと頷いた。

為三郎に啖呵《たんか》を切ってすぐ、巳之吉は大川端町の儀右衛門の隠居所に出向いて、

「旅に行くことにしたよ」

と、決意を口にした。

閉め切られた障子に赤みがかった西日が射していた。

「よく思い切ったな、巳之吉」

声を出す気力もなく、巳之吉は頷いた。

「旅に出るにあたって、言っておくことがある」

最初に儀右衛門が口にしたのは、路銀のことだった。

江戸から都までおよそ百二十六里（約五百キロメートル）を往復するにはひと月はかかるという。

飯代などを含めて、一日一朱で計算すると、往復の費用は最低でも一両と三分二朱（約十八万八千円）になる。

予備のために一分（約二万五千円）を足した額で旅の行き帰りを賄《まかな》うようにと儀右衛門は厳命した。

一晩で二、三両を散財することもある巳之吉には、なんとも心細い金額である。

「五十三次《ごじゅうさんつぎ》のうち、何日宿を取ることになるかわからないが、宿を取ったら必ずわたしに便りを出すことだ」

巳之吉の不安をよそに、儀右衛門の要求が続いた。

東海道には、懇意《こんい》にしている海運業の店や問屋があるので、廻船問屋『渡海屋』の名代《みょうだい》として必ず挨拶に出向くことも旅の条件だった。

「訪ねる先のところと名は書付にしておくから旅先で確かめるんだよ」

「はい」

巳之吉の声がかすれた。


儀右衛門に、旅に出ると伝えてから二日が経った朝だった。

「あにさん、よく思い切ったわね」

巳之吉が朝餉《あさげ》を済ませて座敷に寝転んでいると、多代と現れたるいが大声を上げた。

「だけど、巳之吉が半月もひと月も家を離れるなんてことはなかったからねぇ」

巳之吉の日頃の行状には目くじらを立てる多代が、心細げな声を洩らした。

「今までだって、三日も四日も家を空けることはたびたびあったんだから、それが続けざまにひと月続くと思えばいいのよ」

るいが言い放った。

「だけど、知らない土地に行って大丈夫なのかねぇ」

「おっ母さん、そうやって子供扱いしてるからあにさんはいつまでも甘えるの」

「るい、お前」

巳之吉が身体を起こした。

おまえが『渡海屋』に残って婿を取りさえすればこんなことにはならなかったんだ——そう言いたかったが、やめた。

「あにさん、これあげる」

るいが、一冊の本を突き出した。

『旅行用心集《りよこうようじんしゆう》』という、文化《ぶんか》年間に出された旅の心得書きだった。

るいが、亭主の米助に買い求めさせたという。

「この本に、旅に必要なものが事細かに載ってるから、買い揃えるといいわ」

巳之吉が受け取ってぱらぱらと開くと、脇から多代が覗き込んだ。

「笠《かさ》、枕、両掛けの行李《こうり》、矢立《やたて》、扇子《せんす》、火打ち道具、懐中付け木、印版《いんばん》、蠟燭《ろうそく》、提灯《ちようちん》、磁石《じしやく》に麻綱《あさづな》。薬まで載ってるじゃないか」

多代が感心した声を上げた。

熊胆《ゆうたん》、奇応丸《きおうがん》、反魂丹《はんごんたん》、桂花香《けいかこう》と、薬の名を見ていた巳之吉の眼がぼんやりとしてきた。

周りの者がまるでお祭り騒ぎのように、旅立ちの後押しをしはじめたことに、巳之吉は一抹《いちまつ》の寂しさを覚えていた。


日の出前の道は暗闇だった。

あと六日もすれば月が替わるという日の早朝、振り分けの荷物を肩に、手甲脚《てっこうきゃ》絆《はん》に草鞋履《わらじば》きの巳之吉が『渡海屋』をあとにした。

提灯を提《さ》げ、胸を張って行く巳之吉の後ろに、儀右衛門、多代、るい、それと、提灯を持った鎌次郎とるいの亭主米助が黙って続いていた。

巳之吉が東海道を都に向けて旅立つ日であった。

巳之吉は、二、三日前から、親戚筋、友人の家を飛び回った。

「商人もお侍も、伊勢参《いせまい》りの爺さん婆ぁさんだって行き交《ゆか》う東海道の旅だ。わたしにできないわけはありませんよ」

行く先々で強がっているうちに、巳之吉自身、その気になっていた。

その上、餞別《せんべつ》が一両以上も集まって、さらに気を大きくさせていた。

「今日はいい天気になりそうだねぇ」

暗い空を見上げた巳之吉が、陽気に声を張り上げた。

「そうだといいけど」

多代が呟いた。

「なるよ。この巳之吉の旅立ちをお天道様が祝わないでおくもんかい」

ははは と、己を鼓舞《こぶ》するように巳之吉が笑った。

暗闇の向こうに、日本橋の常夜燈《じようやとう》の明かりが見えた。

橋の袂に、火の灯《とも》った提灯が二つばかりあった。

近づくと、提灯の明かりに、岩松、丑寅、右女助の顔が浮かび上がった。

「おぉ、わざわざの見送りとは恐れ入る」

あくまで巳之吉は陽気だった。

「ここでじめじめするのは好きじゃねぇ。それじゃ皆さん、おれは行くぜ」

見送りの人から飛ぶ声を背中に受けて、巳之吉が日本橋を渡りはじめた。

昼間なら河岸に並ぶ蔵や千代田《ちよだ》の城の櫓《やぐら》は無論のこと、遠くに富士山の頂《いただき》も望めるのだが、西に延びる東海道は十間《じつけん》（約十八メートル）先が闇に紛《まぎ》れていた。

橋を渡り終えて振り向くと、闇の中に四つの提灯だけがあった。

「行ってくるぜぇ」

大声を張り上げた巳之吉が、西へと足を向けた。

七つ（四時頃）時分に日本橋を発《た》った巳之吉は、高輪大木戸《たかなわおおきど》を過ぎた頃、提灯の火を消した。

旅に出る者と見送りの者が別れを惜しむ様子を横目に、巳之吉は先を急いだ。

「『栄松楼《えいしょうろう》』には小浜《こはま》がいたっけな」

品川を通りながら、三、四年前に馴染んだ女郎の名を思い出した。

六郷《ろくごう》の渡しから船に乗り、巳之吉は六郷川を渡った。

「川崎《かわさき》の御大師《おだいし》様あたりは面白いらしいぜ」

岩松がそんなことを言っていたが、巳之吉は迷わず通り過ぎた。

さっさと旅を済ませて江戸に戻ることしか眼中になかった。

保土ヶ谷宿《ほどがやしゅく》は、江戸から八里九町（約三十二キロメートル）のところにあった。

『日が暮れてから宿を取ろうとしても、空きがないことがある』

旅行用心集にそんなことが書かれていた。

日はまだ西の空にあったが、用心した巳之吉は、初日の宿を保土ヶ谷で取ることにした。

翌朝——。

日の出とともに保土ヶ谷宿を出た巳之吉は、権太坂《ごんたざか》の上り坂で息を上げた。

昨日、余りにも急いだせいか、両足が重い。

『権太坂で行き倒れた人を葬《ほうむ》った寺がある』

昨夜、宿の下女がそんな話をしていた。

長々と続く坂が、まるで壁のように眼の前に立ちはだかっていた。

巳之吉はついに一里塚《いちりづか》の盛り土に腰を掛けた。

「引き返したい」

早くも、旅に出た後悔が頭をもたげた。

儀右衛門に叱《しか》られるだけならなんでもない。

「巳之吉が音《ね》を上げて帰ってきやがった」

「あいつの意気がりは口先だけだ」

周りからそんな声が上がるのが何よりも恐かった。

大きくため息をついたとき、巡礼姿《じゅんれいすがた》の三十半ばの女と十四、五の娘が小さく会釈をして巳之吉の前を上っていった。

巳之吉は巡礼に曳《ひ》かれでもしたように腰を上げ、よたよたと坂道を上りはじめた。

小田原宿《おだわらしゆく》は相模国足柄下郡《さがみのくにあしがらしもぐん》にあって、大久保加賀守《おおくぼかがのかみ》の城下町である。本陣《ほんじん》と脇本陣がそれぞれ四軒、旅籠の数は九十五を数える大きな宿場でもあった。

箱根《はこね》を越えてきた旅人、これから越えるという旅人たちで活気があった。

巳之吉は夕刻の七つ半（五時頃）に小田原に辿《たど》り着いた。

足が重い割にかなりの距離を進めたのは、積荷を運ぶ人足に金を払って、車に乗せてもらえたおかげだ。

宿はなんとか見つかったが結構混み合っていて、巳之吉が通された部屋は入口に近い階段下の小部屋だった。

風呂に入った巳之吉は、宿の夕餉を断って町に出ることにした。

小田原の名物が何かは知らないが、宿の小部屋よりも町中の食べ物屋か居酒屋で食べるほうが賑やかでよい。

商家や旅籠が軒を連《つら》ねる海辺に近い小路に入ると、居酒屋、一膳飯屋《いちぜんめしや》が数軒あった。店の中から、客たちの賑やかな声や醤油を煮炊《にた》きする匂いが黄昏《たそが》れた通りに溢れ出ていた。

「いらっしゃい」

一軒の居酒屋に足を踏み入れると、巳之吉は顔の丸いお運びの女に声を掛けられた。

入口に近い床几《しょうぎ》に着いた巳之吉は、まず酒を頼んだ。

店内の客のほとんどが男で、駕籠《かご》かき人足らしいのや船乗り、それに旅の者らしい客もいた。

蒲鉾《かまぼこ》、煮魚を肴《さかな》に徳利を一本空にした頃、賑やかさに慣れた巳之吉の耳に、隣に座って道中の話題を口にしている三人の旅人の声が聞こえてきた。

「箱根を越えたら江戸に着いたもおんなじだぁ」

一人の男の声に、連れの二人がうんうんと相槌《あいづち》を打った。

「お前さん方、江戸かい」

巳之吉が声を掛けた。

三十半ばの男三人が巳之吉を見て、

「そうだが」

団子鼻《だんごばな》の男が頷いた。

「おれも江戸だよ。霊岸島の南新堀だ」

「そうかい。おれは下谷金杉《したやかなすぎ》だが、こいつは谷中《やなか》でこいつは千駄木《せんだぎ》だよ」

二つ三つ若そうな瓜実顔《うりざねがお》が谷中で、小太りの男が千駄木だった。

三人は伊勢参りの帰りだという。

「千駄木近くの根津《ねづ》にゃずいぶんとこの、へへ、通いましたよ」

巳之吉が根津の岡場所の妓楼《ぎろう》の名を口にすると、

「知ってるよ」

小太りの男が評判の女郎の名を幾人か口にした。

女郎の名に心当たりはなかったが、巳之吉と男たち三人は江戸の話で盛り上がった。

「そいで兄さん、なんでまた東海道を上るんだい」

団子鼻に聞かれて、

「ま、男の修業と申しましょうかねぇ」

巳之吉が、重々しい口調で答えた。

『渡海屋』という廻船問屋の次男として生まれたのだが、跡継ぎの兄が去年死んだのだと、しみじみと口にした。

「よそに修業に出されていたおれは、親に呼び返されて、なんとしてもお前に跡を継いでもらわなければ『渡海屋』は仕舞《しま》いだと、そう泣きつかれましてね」

酒の入った巳之吉の口調は滑《なめ》らかだった。

「家を継ぐにあたっては、世間を知るのが大事ですから、それには旅に出るのが一番だと思いまして、わたしは爺さんと親を説得しまして、こうやって東海道を都へと向かった次第です」

「そりゃ感心だ」

巳之吉の法螺話《ほらばなし》に、団子鼻が大いに感心した。

「おれらは箱根峠《とうげ》を越して疲れてるから宿に戻るよ」

伊勢参り帰りの三人が、酒の残った徳利を二本と手つかずの料理を巳之吉に残して店を出ていった。

「へへへ、どうも」

巳之吉の口から独り言がこぼれた。

感心されて気をよくした巳之吉が、もらいものの酒を注ぎかけたとき、

「若旦那は、西のほうに行くようだね」

横合いから声が掛かった。

さっきまで伊勢参り帰りの江戸者がいた床几に、顔や手足を日に焼いた三人の男が座り込んでいた。

江戸の霊岸島あたりでもよく見る水主の匂いがした。

「ここで話してるのを耳にしたもんでね」
三十五、六の、毛むくじゃらの腕をした男が笑みを浮かべた。
「そうなんだ。明日は箱根越えだよ」

巳之吉が答えると、

「小田原から畑宿《はたじゆく》までが大層な上りになるねぇ」

額の禿《は》げ上がった団栗眼《どんぐりまなこ》の男が、徳利を取って、巳之吉の盃に注いだ。

「小田原から三島《みしま》まで、険しい峠を越すのだと思っておいたほうがいいよ」

巳之吉と年の変わらない狐顔《きつねがお》の男が、腕を組んで軽く唸った。

「修業の旅だというのが気に入ったよ。おれらは明日、船で西に向かうんだが、乗せてやってもいいぜ」

毛むくじゃらが言った。

盃を呷った巳之吉が、

「だったら、三島、沼津《ぬまづ》と言わず、いっそ浜松《はままつ》あたりまで波を乗り切ってもらいたいもんだね」

毛むくじゃらに身を乗り出した。

「だが、ただというわけにはいかないがね」

「承知だよぉ」

胸を張った巳之吉は、ふと、儀右衛門の言いつけで江尻《えじり》の船問屋に寄らなければならないことを思い出した。

行き先は江尻までと言うと、三人の男たちが大きく頷いた。

毛むくじゃらは亀次《かめじ》といい、団栗眼は文三《ぶんぞう》で狐顔が粂太《くめた》と名乗った。

巳之吉は翌朝、浜辺で小船に乗り、沖合に停泊《ていはく》している亀次たちの船に乗り込む話がまとまった。

五

伊豆《いず》、下田《しもだ》の港は深い入り江になっている。

港口《こうこう》から進む小船の先に、下田の家並みが次第に大きく見えてきた。

船着き場に横付けされると、櫂《かい》を漕《こ》いでいた水主の手を借りた儀右衛門が小船から下りた。

「船頭の丹兵衛《にへえ》さんにくれぐれもよろしくな」

「へい」

水主は会釈をすると、小船の舳先《へさき》を港口の外に帆《ほ》を下ろした弁才船《べざいせん》へと向けて漕ぎ出した。

ほんの少し見送った儀右衛門が大股で歩き出した。

巳之吉が旅に発って五日目の朝、儀右衛門は江戸を出た。

十年ぶりくらいに下田に下りたのだが、懐かしむ余裕もなく、活気ある港を急ぎ離れた。

須崎《すざき》のほうへ向かって進んだ儀右衛門の行く手に、『海龍屋《かいりゅうや》』と書かれた小さな看板があった。船具屋らしく、店の表に漁網《ぎょもう》や櫂、浮きや錨《いかり》が雑然と置いてあった。

「ごめんよ」

儀右衛門が『海龍屋』の土間に足を踏み入れると、

「あ、ご隠居さん」

板張りで帆を縫《ぬ》っていた又平《またへい》が眼を見開いた。

「これは」

裏庭に通じる戸が開いて、麻縄の束を抱えた伊佐蔵《いさぞう》が現れた。

「廻船問屋の『和泉屋《いずみや》』さんの船が上方に行くと言うので、下田の沖合まで乗せてもらって来たんだよ」

「何かございましたか」

伊佐蔵の顔にふっと影が走った。察しのいい男である。

がっしりした身体つきの伊佐蔵の首は太く、角ばった顔には鋭い双眸があった。

鋭いが険しい眼つきではない。何もかも見通すような思慮深い眼だった。

『海龍屋』は『渡海屋』の下田の出店である。

駿河灘《するがなだ》、相模灘で嵐に遭った船が下田に避難したとき、支援する拠点だった。

船に損傷があれば修繕もした。

下田近辺の海は海流が複雑で難所があって、『渡海屋』以外の船にも便宜《べんぎ》を図っていたから、多くの船乗りから頼りにされていた。

儀右衛門は、伊佐蔵に『海龍屋』の一切を任せていた。

「又平はまた一段と逞《たくま》しくなったねぇ」

伊佐蔵の疑念には答えず、儀右衛門は又平に笑みを向けた。

「又平、ご隠居に茶を」

「へい」

又平が素早く土間に下りた。


儀右衛門は、板張り奥にある坪庭に面した小部屋に通された。

「実はね、うちの巳之吉がかどわかしに遭ってしまったんだよ」

伊佐蔵と向かい合った儀右衛門が口を開いた。

伊佐蔵の眼が鋭く光った。

「一昨日《おととい》、わたし宛ての早飛脚《はやびきゃく》が『渡海屋』に届いたのだよ」

儀右衛門が、一通の書付を伊佐蔵に渡した。

伊佐蔵がすぐに書付に眼を走らせた。

——孫の巳之吉を預かっている。

二月末日、二百両と引き換えに巳之吉は返す。

真鶴沖《まなづるおき》に留まっている、龍の幟《のぼり》を掲《かか》げた船に届けろ。

万一違《たが》えたときは、孫の命はないものと思え。

儀右衛門に届いた文面には、おおよそそんなことが記されていた。

「最後に、巳之吉と名が書かれておりますが」

「あぁ。確かめてみたが、巳之吉の手に違いなかった」

かどわかしの者は、巳之吉に名を書かせたあと、強請《ゆすり》の文言を書き足したのだろう。

「海賊だろうか」

「いえ。海賊なら、船の積荷を狙います」

伊佐蔵の返答はよどみがなかった。

「人質を取って強請《ゆす》るより、積荷のほうが金になりますし確かなんですが、若旦那をかどわかした連中は、金のためならなんでもしてのける船持ちの小悪党だと思われます」

「助け出してもらいたいが」

「ご隠居、そんな物言いは勘弁願います。伊佐蔵、助け出せ、それで十分でございます」

伊佐蔵が深々と頭を下げた。

「若旦那は、今おいくつに」

「二十五だよ。顔を知っていたかね」

「十二、三年前、鬼吉《おにきち》のとっつぁんの弔《とむら》いの日、遠くからお見かけしただけで」

伊佐蔵が口にした鬼吉は、長年に亘《わた》って『渡海屋』の持ち船『波切丸《なみきりまる》』の水主《かこ》頭《がしら》を務めた男である。

「伊佐蔵の素性《すじょう》も知られず、わたしが関わっていることも巳之吉には知られたくないのだよ」

儀右衛門が言うと、

「承知しました」

伊佐蔵が毅然《きぜん》と頷いた。


二月の末だが、日差しが真上から降り注いで、船の甲板《かんぱん》は焼けるように熱い。

博打のほかにすることもなく、巳之吉は文三や粂太たちとサイコロ賭博《とばく》に興《きょう》じていた。

亀次の五十集船《いさばぶね》には、ほかに二人いて、合わせて五人が乗っていたこともわかった。

「あぁあ」

博打に飽きて、巳之吉が立ち上がった。

「小田原を出て何日も行ったり来たりしてるだけじゃねぇか。なんでスーッと下田の岬を回らないんだよ。江尻に向かわないんだよ」

「行きたいのはおれらも山々だがね、潮目を見てるんだよ」

船倉《せんそう》から顔を出した亀次が空を見上げた。

「若旦那はご存じじゃあるまいが、駿河湾は山からの陸が海に入るとすぐどんと深く落ち込んで、潮の流れがきついんだ。この時期、富士の山から風が吹き下り、八丈《はちじょう》のほうからは早潮が流れ込んで渦《うず》を巻くという難所なんだよ」

「こっちは塩を商《あきな》ってるわけじゃねぇから、潮目のことはもういいや。船で行くのは諦めるから、わたしをその辺で下ろしてくれ」

両足を踏ん張って、巳之吉が声を張り上げた。

「そうはいかねぇよ」

亀次の声にすっと立ち上がった文三と粂太が、巳之吉の両脇を押さえた。

「何しやがるっ」

腕を振りほどこうとしたが、船乗りの腕力に敵《かな》うわけもなく、巳之吉は甲板に押しつけられた。

頭がずきずきと疼《うず》くのを感じて、巳之吉が眼を覚ました。

周りは闇だった。

一筋の光も射していなかった。

気を失ったまま、夜になるまで眠ってしまったようだ。

亀次たちに殴られたり蹴られたりして、身体のあちこちが痛い。

『おれがどうしてこんな目に遭わなきゃならねえんだ』

巳之吉に、亀次たちの豹変《ひょうへん》の心当たりはなかった。

両腕を縛り上げられていた巳之吉は、ゆっくりと寝返りを打った。

いつも寝ていた船倉の中だった。畳にして三畳ばかりの広さで、立てば頭を打つほどの高さである。

船べりを叩く水の音がたぷたぷと届いている。

船は動いてはいないようだ。

「あぁ!　なんだてめぇ」

甲板で突然、男の声が上がった。

甲板を駆ける音、木のぶつかる音に混じって男たちの怒号《どごう》が飛び交った。

「ウオッ!」

「ギエッ！」

悲痛な叫びとともに人の倒れる音が二つ三つ、続けざまに聞こえた。

巳之吉の頭上が、あっという間に静かになった。

舳先側の戸が外から開けられて、人影が二つ、前後して船倉に入ってきた。

「なんなんだこれは」

巳之吉が声を絞《しぼ》り出した。

「縄を解いてやれ」

影の一人が低い声で命じると、もうひとつの影が巳之吉の傍に膝をついて縄を解きはじめた。

「おめぇは」

闇に慣れた巳之吉の眼が、縄を解く粂太の顔を見た。

もうひとつの人影が、巳之吉を縛っていた縄で粂太を縛り上げた。

「外に四人いたが、みんなで五人ですか」

縛り上げた男が丁寧《ていねい》な物言いをした。

頷いた巳之吉が、

「外の奴らは」

「みんな縛り上げました」

男が、こともなげに言った。

「あんたは」

「ちょっと、この船に用がありまして」

男は、帯に挟んでいた袋から火打石を取り出して、小さな蠟燭に火をつけた。

男の角ばった顔が暗闇に浮かんだ。

鋭い眼差しだが、凶暴な匂いはしない。年は三十半ばというところだろう。

亀次たちをあっという間に打ち倒したあとだというのに、気負いもなく落ち着いていた。

蠟燭を掲げて隅のほうに近づくと、男は古ぼけた船簞笥《ふなだんす》の引き出しを開け、続いて長櫃《ながびつ》の蓋《ふた》を取った。

「なんだい」

巳之吉が覗き込んだ。

「沖を行き来する船に乗り込んで奪い取った品々ですよ」

長櫃の中には、銅器や漆塗《うるしぬ》りの器などが雑然とあった。

「夜が明けたら小田原に行きますから、それまで寝ていてください」

「船を操れるのか」

「まぁ、なんとか」

男が、あっさりと言った。

「小田原じゃなく、江尻とかそっちのほうに行ってもらうわけにゃいかねぇかねぇ。いやね、箱根を越えなくていいようにと、この船に乗り込んだわけだから」

「危ない連中に見込まれましたねぇ」

男が小さく笑った。

「どうだい、江尻まで」

「そういうわけにはまいりません」

感情を見せずに言うと、男は小さく頭を下げた。


小田原の港に日が昇って、半刻（約一時間）ばかり経った頃である。

海沿いの道を駆けてきた役人と捕り手が、船着き場に係留《けいりゅう》された亀次たちの五十集船へ乗り込んだ。

近くの宿から出てきた旅人や、船出の支度をしていた漁師たちが、何ごとかと首を伸ばしていた。

巳之吉は、助けてくれた男と並んで、少し離れた建物の陰から船着き場を眺めていた。

「なんでまた役人が」

巳之吉が呟いた。

「盗品を積んだ船があると、奉行所に投げ文《ぶみ》した者がいたようです」

「あいつら、海賊だったのか」

「ただの、海のならず者ですよ」

男はさらりと言ってのけた。

「奉行所に投げ文って、そりゃお前さんじゃ」

巳之吉が男を振り向いた。

五十集船を港に着けるとすぐ、男がしばらくどこかに姿を消したことを思い出した。

「それじゃ、道中お気をつけて」

巳之吉の問いには答えず、男は会釈して踵《きびす》を返した。

ほんの少し見送った巳之吉が、

「いけねぇ」

男が去ったほうに駆け出した。

助けてくれた礼を言うのを忘れていた。

宿場の通りに駆け込んだ巳之吉が左右を見回したが、旅人や荷駄《にだ》を運ぶ馬や車の行き来だけで、男の姿はどこにもなかった。


神田川が大川に流れ込むあたりの北西側が柳橋《やなぎばし》である。

江戸でも名の通った花街《かがい》のひとつだった。

儀右衛門が、小さな庭に面した縁で胡坐《あぐら》をかいていた。

暖かみを帯《お》びた三月の日差しが庭に満ち、長閑《のどか》に三味線の音も聞こえていた。

二日に一度、お藤《ふじ》が若い娘たちに三味線の稽古をつける日だった。

儀右衛門が大川端の隠居所で朝餉を済ませるとすぐ、目明かしの下っ引きをしている丑寅が、萎《しお》れた顔で訪ねてきた。

巳之吉とは幼い時分からの友達だから、儀右衛門は丑寅の成長も見てきた。

「ご隠居、なんだかおれ、巳之吉を裏切ったようで胸が疼くんですよ」

丑寅がため息をついた。

儀右衛門は丑寅が萎れているわけに心当たりがあった。

巳之吉に旅をしろと勧めたあと、儀右衛門は密《ひそ》かに丑寅を呼んで、

「巳之吉と会ったら、勘当について話をしてくれないか」

そう頼んでいた。

居酒屋『鈴の家』で仲間と飲んだとき、勘当の悲惨さを口にしましたと、後日、丑寅の報告を受け取っていた。

『それが、巳之吉に旅に出る決意をさせたんじゃねぇのか』

と、丑寅を悩ませていた。

「丑ちゃん、巳之吉がそれだけのことで旅に出たとは思えないよ。そんな殊勝《しゅしょう》な男と思うかい」

儀右衛門は丑寅を慰《なぐさ》めた。

儀右衛門が口にしたのはまんざら出鱈目《でたらめ》ではなかった。丑寅の一言が後押しのひとつにはなっただろうが、ほかに何か巳之吉ならではの理由があったはずなのだ。

丑寅が帰るとすぐ、小田原からの早飛脚が届いて、儀右衛門は茅町《かやちょう》のお藤の家にやってきていた。

いつの間にか三味線の音が止《や》み、格子戸《こうしど》を開け閉めする音がした。

「ごめんなさいよ。おいでになったのは気付いてはいたんですがね」

襖を開けて入ってきたお藤が、長火鉢に陣取って茶を淹れる支度にかかった。

四十七になるお藤は、二十五年も前からの儀右衛門の情婦だった。

『渡海屋』の娘だった儀右衛門の女房は、十年前に病を患《わずら》って死んだ。

儀右衛門は、柳橋の芸者をやめて三味線の師匠に身を転じたお藤を後添《のちぞ》えにと画策したのだが、

「お前さんとお内儀さんとで守り続けてきた『渡海屋』の暖簾を、なんでわたしが潜られましょうか」

と、当のお藤が頑強に拒《こば》んだ。

「伊佐蔵から早飛脚が届いたよ」

儀右衛門が、縁に茶を運んできたお藤の前に書状を置いた。

「巳之吉さんはどうなりましたので」

お藤が気遣わしげに儀右衛門を見た。

「それがさ」

言いかけて、儀右衛門は口を歪《ゆが》めた。

伊佐蔵によると、金目当てにかどわかされたということに、巳之吉は全く気付

いていないという。

「それくらいのんびりしたほうが長旅にはちょうどいいのかもしれませんよ」

「それにしても隙《すき》がありすぎる」

儀右衛門の口調がきつくなっていた。

「心配なら、伊佐蔵さんに若旦那の道中に付いていってもらえばいいじゃありませんか」

茶を啜《すす》るお藤を、儀右衛門がポカンと見た。

内心そう思っていた儀右衛門の心を見透《みす》かしていたのだろうか。

「しかし、伊佐蔵には下田の店が」

儀右衛門には迷いがあった。

「去年でしたか、伊佐蔵さんがここに見えたとき、言ってたじゃありませんか。十五から面倒を見ている又平に大分任せられるようになりましたって」

確かに、三日前に下田で見た又平は、儀右衛門の眼にも逞しく思えた。

「思い切って伊佐蔵さんに頼みなさいな。何も世話を焼けというんじゃなく、万一、若旦那の命に関わることがあったときのためにですよ」

お藤の言葉に後押しされて、儀右衛門が小さく頷いた。

馬に乗ってみると、思った以上に高さを感じた。

箱根の湯本《ゆもと》で馬を雇った巳之吉が、のんびりと揺られていた。

山道に差しかかると山陰に日が隠れて、谷あいを吹き抜ける風がひやりと首筋を撫《な》でた。

助けてくれた男の操る船で小田原に戻った日から二日続けて、巳之吉は宿を取った。

何日も海の上にいたせいか、陸《おか》に上がっても身体が波に揺られている気がして、足元が心もとなかった。亀次たちに痛めつけられたところに痛みもあった。

上り坂がきつくなって、巳之吉は馬からずり落ちそうになった。

「足を締めて身体を前に倒すんだよ。なんなら馬の首根っこを抱えてもいいよ」

馬の手綱《たづな》を取る爺さんが、振り向いて言った。

言われた通り、巳之吉は足を締めて前屈《まえかが》みになった。

馬は楽だと思ったが、上り下りを何度か繰り返しているうち、巳之吉は肩で息をしていた。

湯本からどれほどの時が経ったかわからなくなっていた。

「若い人、ここから箱根宿まではあとわずかだ」

上り坂が緩《ゆる》やかになったところで馬の足が止まった。

巳之吉はやっとの思いで馬を下りた。

今来た道を引き返す馬子《まご》を見送った巳之吉が、歩き出そうと足を動かすと、ふにゃりとその場に崩れ落ちた。

両足が固まった上に、両股がひりひりと痛い。

巳之吉は這《は》うようにして、一軒の茶店の床几に倒れ込んだ。

「いらっしゃい」

中から飛び出してきた店の女が声を掛けた。

「茶を一杯。いや、幟に甘酒とあるね。甘酒をおくれ」

「はぁい」

店の女が中に駆け込んだ。

やっとのことで床几に腰を掛けて、巳之吉は大きく息を吐いた。

眼の前の街道を、武士や商人が重い足を引きずるようにして行き交っていた。

巳之吉は、運ばれた甘酒を口にすると、やっと人心地がついた。

巳之吉がおもむろに矢立を出した。

小田原で書き忘れた儀右衛門への文を認《したた》めなければならない。

『儀右衛門様、小田原でよんどころない用事が持ち上がり少々遅れはしてますが、巳之吉は元気です。道中、神社仏閣に参り、廻船問屋『渡海屋』の繁栄と皆みな様のご健勝を祈願しながら旅をしております。深山幽谷《しんざんゆうこく》、冷気に満ちてまことに爽快。旅はよきものなり。箱根にて、巳之吉』

書き終えて身体をよじった途端、股ずれにぴりりと痛みが走った。

キキキィッ、山間に小鳥の甲高《かんだか》い声が響き渡った。

巳之吉の口からは大きなため息が洩れた。

第二話　鬼火《おにび》

一

箱根山中から続いていた坂を下りきると、眼の前に湖面が広がっていた。

巳之吉は、小田原からほとんどが上りの四里（約十六キロメートル）をやっとのことで越えた。

湯本から馬を雇ったときは、楽に山越えができると思ったのだが、甘かった。

上り坂で馬から落ちないよう身体に力がこもり、さらに両足で馬の腹を締めつけたせいで、ひどい股ずれを起こした。

巳之吉が、湖畔《こはん》近くの道しるべの前によたよたと立った。

『右　箱根神社』『左　三島』とあった。

巳之吉は左へと、がに股の足を向けた。

「今、なん時だろうね」

巳之吉が、後ろから来た担《かつ》ぎ商《あきな》いの男に聞くと、

「おおかた、七つ（四時頃）だね」

担ぎの男が足早に追い越していった。

「箱根の湖に富士の山が映《うつ》って、それはそれは美しいもんだ」

小田原の旅籠《はたご》で、東海道を下る人が口を揃《そろ》えて言っていたが、灰色の雲が張り付いて、富士の姿はどこにもなかった。

湖面には霞《かすみ》がかかり、湖の大きさも窺《うかが》えない。

杉並木の道を進むと、行く手に寺の山門を思わせる門が見えた。

おそらく箱根の関所だろう。

東海道にはいくつもの関所があるが、新居《あらい》の関《せき》と並んで出入りに厳しいと言われていた。

関所を通らなければ、旅人は箱根の宿場で宿を取ることもできない。

門の外に、木箱に腰掛けたり、佇《たたず》んだり、うろうろ動き回ったりする十人ばかりの旅人の姿があった。

関所改めを待つ、江戸口《えどぐち》の千人溜《せんにんだまり》と呼ばれる広場だった。

巳之吉は、先刻時を聞いた担ぎ商いの男の後ろに立つと、

「かなり待つのかね」

「男なら案外すっと通れるんだが、ここは出女《でおんな》には厄介《やっかい》でね」

担ぎ商いが言った。

大名の妻子が密《ひそ》かに江戸を出ることに、公儀が厳しい眼を光らせていることは巳之吉も聞いたことがある。

大名が一年間の参勤を終えて国許《くにもと》に戻っても、妻子は江戸に留まらなければならない。大名が国許で謀反《むほん》を起こしたときの用心に、公儀が人質に取っているようなものだった。

その人質に江戸を出られることを非常に恐れたのである。

巳之吉の前方で順番を待っている二人の女の顔に、不安の色がありありと浮かんでいた。

「おい、何してんだ。順番待ちしてるんだぞ」

順番を待つ巳之吉の後方で非難の声が上がった。

「人探ししたらちゃんと並ぶよ」
二十七、八の女が、順番待ちの先頭まで行くと、男たちの顔を確かめながら戻ってきた。

「探してるのは男だね」

担ぎ商いの男が声を掛けると、女が立ち止まった。

「年は四十前で、日に焼けた角ばった顔なんだがね」

女はさらに、逞《たくま》しい身体つきで眼鼻立ちの整った男だと一気にまくし立てた。

物言いから、商家でも武家の女でもないことはわかる。

江戸の繁華な場所にある楊弓場《ようきゅうば》や飲み屋で見かける気性の荒い女どもに似ていた。

「その人相風体《にんそうふうてい》、どこかで見たような気がするなぁ」

巳之吉が呟《つぶや》いた。

女は巳之吉を見るとすぐ、

「いい加減なこと言って、わたしの気を引こうとしても駄目だよ」

鼻でふんと笑うと、女は列の後ろへと足早に立ち去った。

「誰がおめぇなんか。てやんでぇ！」

巳之吉は、女の背中に小声でぼやいた。

箱根の宿は、関所の京口《きょうぐち》を出て一町（約百九メートル）ばかり行った湖畔沿いにあった。

　大名や公家などが泊まる本陣は六軒、脇本陣は一軒、旅籠の数は三十六軒と、山中の宿場にしては規模が大きい。

　巳之吉は、呼び込み女の笑顔に誘われて一軒の宿に入った。

　下女に案内されて部屋に入るとすぐ障子を開けた。

　湖は夕闇に包まれつつあった。

「いつもなら水に富士の山が映って見えるんだけどね」

　下女が湯呑《ゆのみ》に茶を注ぎながら、申し訳なさそうな声を出した。

　背中にぞくりと寒気を覚えて、巳之吉は障子を閉めた。

「お客さん、宿帳をお願いします」

「お」

　気安く返事をして、宿が用意した筆を取った。

「江戸、南新堀、『渡海屋』、なに吉？」

　宿帳を覗き込んでいた下女がたどたどしい口調で読んだ。

「巳之吉っていうんだ。おめぇ、読み書きができるねぇ」

「旅籠で何年も働いてるとね」

二十三、四くらいの下女が、少し照れた。
「お客さん、先に風呂をお使いよ。その間に夕餉《ゆうげ》の支度をするから」

「いや、風呂も夕餉もよして、このまま横になりたいね」

関所で待たされている間に、山の冷気に身体が冷えたようだ。

風呂上がりに風邪《かぜ》でも引いたら目も当てられない。

「それじゃ、あとで握り飯と漬物を持ってくるよ」

下女は宿帳を持って部屋を出ていった。

押し入れから布団を引っ張り出して、巳之吉はごろりと横になった。

布団にくるまってしばらくすると、冷えていた身体に温みが戻った。

「あぁあ」

巳之吉の口からため息が洩《も》れた。

箱根の山越えは難行苦行《なんぎようくぎよう》だった。

『あの男が、船を沼津か江尻に回してくれていればこんな苦労をせずに済んだのだ』

船倉《せんそう》に縛られていたところを助けてくれた恩はそっちのけで、巳之吉の恨みが〈あの男〉に向けられた。

心にも身体にもだるさを感じていた。

ここで病《やまい》に倒れたら、江戸から迎えが来て帰ることができる——そんな思いが頭の中を駆け巡《めぐ》った。

このまま熱が出て、明日は起きられないかもしれない。

そんな思いに取り憑《つ》かれた巳之吉は、矢立《やたて》と紙を出して、布団に腹這《はらば》って文《ふみ》を認《したた》めはじめた。

『巳之吉は旅の空の下で、ついに病に倒れてしまいました。残念です。でも、誰も恨みはいたしません。ひ弱な己がただただ恨めしいばかり。明日は箱根峠《とうげ》を越えるところまで来たというのに』

そこまで書いたとき、巳之吉の口から立て続けに二、三度、大欠伸《おおあくび》が出た。

チッチッチッ、まどろみの中でまとわりつくような音を聞いていた。

耳元を払いのけるつもりが頰《ほお》を叩いてしまい、巳之吉はむくりと身体を起こした。

布団の上で顔を回すと、雨戸を閉め忘れた障子が白く輝いていた。

障子の外から、チッチッと鳥の声が届いていた。

もぞもぞと布団の上に座り直すと、枕元に矢立の筆が転がり、書きかけの文が途中から蛇《へび》がのたくったような線になっていた。

昨夕、文を書いていたことを思い出した。

そのまま寝入ってしまったようだ。

立ち上がった巳之吉が障子を開けると、外はくっきりと晴れて、湖の対岸まで見通せた。

朝日が対岸の山々を黄金色《こがねいろ》に染め、その上方で富士山が輝いていた。

ううっと、思わず伸びをした。

「おはようございます」

廊下の障子が開いて、昨日の下女が顔を出した。

「あら、すっかり元気になられましたねぇ」

「うん。なっちまったんだよ」

ため息交《ま》じりで巳之吉が返答した。

「あら、握り飯食べなかったんですか」

「あのまま寝てしまったよ」

「それだけ寝たら元気になるはずだ」

ははと笑った下女が、廊下近くに置いてあった握り飯の皿を手にした。

「今、なん時だ」

「六《む》つ（六時頃）だけど、ご飯を運んでいいかね」

「頼むよ」

「はい、すぐに」

下女が去るとすぐ、巳之吉は書きかけていた文を両 掌《りようてのひら》で丸めた。

箱根宿から三島までは三里二十八町（約十五キロメートル）の道のりだった。

箱根峠でしばし絶景を眺望《ちようぼう》したあと、巳之吉は三島に向けて軽やかに山道を下った。

朝六つ半（七時頃）に箱根宿を出て、二刻半（約五時間）ばかりで三島に着いた。やけに人の往来が多いと思ったら、巳之吉は三島大社の鳥居の前に差しかかっていた。

門前には料理屋や旅籠が軒《のき》を並べ、団子《だんご》や土産物《みやげもの》などを売る露店が道端に連《つら》なっていた。

箱根を越えた旅人、これから越えようという旅人に加え、出湯《いでゆ》の多い伊豆のほうへ向かう人も三島を通るのだ。

巳之吉は、露店の団子屋で饅頭《まんじゅう》を四文（約百円）で買い求めると、かぶりついた。

疲れた身体に餡《あん》の甘さが沁《し》み渡った。

路傍《ろぼう》に立って頬張《ほおば》る巳之吉の眼の前を、人の波が絶《た》えない。

どうしたものか——巳之吉は迷っていた。

「三島はいいぜぇ」

江戸にいる時分から、そんな声をよく聞いていた。

三島には飯盛《めしも》り女《おんな》が揃っていて、旅の男なら何がなんでも一晩は泊まるべきだと言う者がいた。

「三島を素通りするような奴は男じゃねぇ」

そう息巻く者もいた。

あたりを見回した巳之吉が、箱根のほうから歩いてくる女に眼を留めた。

箱根の関所で人探しをしていた女が、巳之吉に気付かず通り過ぎた。

饅頭の残りを口に押し込みながら、思わず女のあとに続いた。

何も、女をどうこうするつもりはなかった。

小田原でよけいな日数を費《つい》やした巳之吉とすれば、日の高いうちに先を急ぐことにした。

取り立てて急ぐ旅ではないが、早く江戸に帰るには道草は禁物だ。

三島から一里半の沼津、三里の原《はら》も通り過ぎて吉原《よしわら》に着いた頃、あたりは薄暗くなりはじめた。

女の姿を沼津で見失ったのだが、巳之吉は気にせず先を急いだ。

「お泊まりなさい、お泊まりなさい」

宿場の左右から、旅籠の呼び込みが声を張り上げていた。

「日が暮れたら富士川《ふじがわ》は渡れませんよ。お泊まりなさい」

そんな声もした。

富士川を渡って来た旅人が呼び込みに誘われて宿に入る姿や、これから川を渡ろうか泊まろうか思案している姿もあって、通りは結構混み合っていた。

そんな通りに、醬油《しょうゆ》を焼く香ばしい匂いが漂っている。

吉原は鰻《うなぎ》が名物だと耳にしていた。

「そこのお若い方」

声のほうを見ると、笑顔の若い下女が巳之吉を手招いていた。

「世話になるよ」

巳之吉が言うと、

「お一人様、お着きぃ」

声を張り上げた下女に背中を押されて、巳之吉は旅籠の暖簾《のれん》を潜《くぐ》った。

旅籠の名は『杉屋《すぎや》』といった。

巳之吉が通されたのは、二階の小綺麗《こぎれい》な六畳の角部屋だった。

下女が置いていった宿帳を書き終えた頃、

「失礼します」

隣室の襖《ふすま》が開いて、四十ばかりの男が顔を出した。

「お隣様にご挨拶《あいさつ》をと思いまして」

「お、そりゃわざわざ恐れ入るね。こちらこそひとつよろしゅう」

巳之吉が返答すると、挨拶をした男の後ろで同じ年格好の男三人も頭を下げた。

日に焼けた顔や装《な》りから、百姓たちのようだ。

「どこに行きなさるね」

巳之吉が聞いた。

「わたしら、武州《ぶしゅう》の川越《かわごえ》に戻る途中でして」

「もしかすると、伊勢参りの帰りだね」

「へぇ、さいで」

四人の百姓たちに笑みがこぼれた。

「失礼します」

廊下の障子が開いて、巳之吉を表で手招いた下女がするりと入ってきた。

「お。おさきちゃん、宿帳は書いたぜ」

さっき部屋に通されたとき、下女の名を聞いていた。

「お客さん、お一方ご一緒お願いします」

手を突いた下女のおさきが、巳之吉を窺うように見上げた。

「どんなお人だい」

「薬売りの人でして」

おさきは廊下に身を乗り出すと、

「お客さん、こちらにどうぞ」

廊下で待っていた小柄な男が、大風呂敷《おおぶろしき》に包んだ荷を手に提《さ》げて部屋に入ってきた。

「どうもすみませんね」

男は座り込むと、巳之吉に軽く頭を下げた。三十を出たか出ないかという年格好だった。

「おさきちゃん、ちょっと」

ほかの下女の声が掛かって、おさきが廊下に出ていった。

「おれは巳之吉って旅の者だが、お前さんは」

「へぇ。街道を行き来する薬売りの辰平《たっぺい》と申します」

お互い名乗り合ったとき、ばたばたとおさきが戻ってきた。

「すみません、もうお一方、お願いします」

「まぁ商売繁盛《はんじょう》のようですな」

薬売りが巳之吉に苦笑いを向けた。

「えっ、へへ、そうですねぇ」

巳之吉は曖昧《あいまい》に笑った。

おさきが手を突くと、刀と菅笠《すげがさ》を手にした道中《どうちゅう》羽織《ばおり》の武士が廊下に立った。

老《ふ》けて見えるが、四十そこそこだろう。

部屋の中の巳之吉と辰平を見、部屋の様子に視線を巡らせた武士は、口をへの字にして部屋に入ると廊下に近い隅に正座した。

「お侍、遠慮なく奥のほうへ」

辰平が声を掛けた。

「お構いくださるな」

武士の声には愛想《あいそ》もこそもなく、斜めに掛けていた背中の荷物を外した。

扱いにくいのが来やがった——巳之吉は腹の中でため息をついた。

二

あたりが闇に包まれはじめると、旅籠は賑やかさを増した。

富士川を渡れなかった旅人が宿探しに奔走《ほんそう》する時分どきだった。

客を案内する慌《あわ》ただしい声や階段を下りていく荒々しい足音が響いた。

部屋で夕餉の膳《ぜん》を前にしていた巳之吉と辰平の箸《はし》が止まった。

「ここぞとばかりに客を入れ込んでやがる」

巳之吉が鼻で笑った。

「巳之吉さんは、江戸の人だね」

「わかるかい」

「東海道を行き来してると、江戸の人とも会いますからねぇ」

「なるほど」

巳之吉が、膳の盃《さかずき》に徳利《とつくり》を傾《かたむ》けた。

廊下で足音が止まり、湯に行っていた武士が入ってきた。

「お先に始めてましたよ」

辰平が声を掛けたが、武士は黙って小物掛けに手拭《てぬぐい》を掛けた。

「風呂はどうでした？」

巳之吉が追従《ついしよう》笑いを浮かべたが、それにも答えず膳に着いた武士は、一礼して箸を取った。

「辰平さんは、どこから来ていなさるね」

武士には構わず、巳之吉は辰平に話を向けた。

「飛驒《ひだ》だよ」

「てぇと」

「名古屋《なごや》から北へ向かった山の中でしてね」

辰平の口が滑《なめ》らかになった。

富山《とやま》の薬を買い入れて、東海道を売り歩くのだという。年に二、三度売りに出て、半年は旅の暮らしだった。

「それだけ旅に出りゃ、あちこちで、さぞ面白い話もおあんなさるだろうね」

巳之吉の好奇心が疼《うず》いた。

「十年も通い続けると、土地土地に顔馴染《かおなじ》みもできるんですよ」

「だろうね」

巳之吉が頷《うなず》いた。

「浜松に近い小さな宿場で、夫婦者と知り合ったんだがね」

二年前のことだと辰平が言った。

飯屋を営む二十六、七の若い夫婦者の店に何日か続けて通ううち、亭主と気が合った。

二年ばかりご無沙汰《ぶさた》をして、久しぶりに夫婦者の飯屋に行くと、女房一人が立ち働き、亭主の姿がなかった。

「ご亭主は一年前、病に倒れて死んだというじゃありませんか」

「うん」

巳之吉の声に力がこもった。

「暖簾を仕舞《しま》ったあと、一人残って話を聞いてやりました。亭主の看病に疲れ、死なれてからはどうやって暮らしを立てるかと悩み、一念発起《いちねんほっき》して店を再開するまでの苦労話を涙ながらにしましてね。それは辛《つら》かったねぇと、つい肩に手を置いたら、わたしにもたれてくるじゃありませんか。で、その夜は、飯屋の奥で泊まることになって」

「ちきしょうめ。なるようになっちまったねっ」

巳之吉の声が裏返った。

「いっひひひ。なりました」

辰平が頭の後ろを片手で撫《な》でた。

突然、武士の咳払《せきばら》いが聞こえた。

「こりゃどうも」

徳利を持った巳之吉が、武士の前に膝《ひざ》を進めた。

「わたしは巳之吉で、こちらは辰平さんですが、お侍はなんと」

箸を止めた武士は、口をへの字にして迷っていたが、

「築山《つきやま》じゃ。築山太左衛門《たざえもん》」

言うなり、箸を動かした。

「お近づきの印におひとついかがで」
巳之吉が徳利を突き出した。
築山は面倒臭《めんどうくさ》そうに、首を横に振った。
町人と口をきけば損をするとでも思ってやがる——腹の中で巳之吉が毒づいた。
隣室から遠慮がちな歌声がした。
巳之吉も聞いたことのある馬子唄だった。
吉原の宿場はまだ宵《よい》の口《くち》だった。
通りには旅籠や料理屋などの明かりが灯《とも》り、土地の者や旅人がそぞろ歩いていた。
巳之吉は辰平を誘って一軒の居酒屋に飛び込んでいた。
夕餉のあと、早々に布団に横になった築山の傍《そば》での酒盛りは憚《はばか》られた。
店は、土地の駕籠《かご》かきや馬子、船頭と思える連中で賑わっていた。
巳之吉と辰平は漬物や干魚を肴《さかな》に酒を酌《く》み交《か》わした。
「巳之吉さん実はね、ここから山のほうに行った先の村に、ものの怪《け》が出るという噂《うわさ》があるんだよ」

辰平が小声で言った。

「赤沼《あかぬま》っていう、人里離れた村にね」

「ほんとうかよ」

へへと笑って巳之吉が盃を呷《あお》った。

「ほんとうだよ」

口を挟んだのは、近くに座って飲んでいた二人の駕籠かきの一人だった。

「鬼火《おにび》を見た者もいるんだ」

口を挟んだ小太りの男が囁《ささや》いた。

向かいで飲んでいた猪首《いくび》の相方が相槌《あいづち》を打った。

「いくら酒手《さかて》を弾《はず》むと言われても、赤沼への客は断ることにしてるよ」

猪首の男が首をすくめた。

「こいつは馬子だが、お前も赤沼の客は断ったと言ってたな」

小太りに声を掛けられた隣の男が、うんと頷いた。

「薬を売りにどこへでも行くわたしだが、その村にだけは近づかないことにしてるんだよ」

辰平が巳之吉に酌《しやく》をした。

「姐《ねえ》さん姐さん、お前さんがさっき尋ねたその男は、亭主か、それともあんたの色か」

突然、ほかから声が上がった。

酒に酔った男が二人、巳之吉たちに背中を向けて飲んでいた女の近くに寄っていった。

「もしかして、逃げられたんで追っているのか」

相撲取《すもうと》りのような体格の男が、立て続けに声を掛けた。

女は相手にせず、横を向いて盃をぐいと呷った。

箱根の関所で尋ね人をしていた女の横顔だった。

「追いかけてるとすりゃ、一足遅かったたねぇ」

もう一人の赤ら顔の男がからかうように笑った。

「遅いとはなんだい」

女が、男二人を睨《にら》みつけた。

「明日あたり、富士川は川止めになりそうだからよ。男が先に行ったとすりゃ、追いつくのは難儀《なんぎ》だってことさ」

「今日だって晴れてたのに、どうして川止めになるんだよ」

女が挑《いど》むように言った。

「ここらで降らねぇでも、二、三日前、川上のほうじゃ大雨だったから、水かさが増すんだよ」

「そりゃ困るよ」

赤ら顔に向かって口を尖《とが》らせた女は、急ぎ勘定《かんじょう》を払うと勢いよく店から出ていった。

「川止めになるのかい」

巳之吉が、相撲取りのような男に声を掛けた。

「多分、なるね」

相撲取りのような男が、自信を持って頷いた。

「川止めでございます。川止めでございます」

早朝の旅籠『杉屋』に、男衆《おとこし》や下女が触れまわる声が響き渡った。

部屋で出立《しゅったつ》の身支度をしていた巳之吉の手が止まった。

脚絆《きゃはん》を巻いていた辰平は顔を上げ、刀を手に出かかった築山太左衛門の足が止まった。

朝餉を済ませ、そろそろ宿を出ようという五つ（八時頃）頃である。

「おい、誰か。宿の者」

築山が廊下に出て大声を出した。

「へい。何か」

宿の男衆が小走りに駆け寄った。

「わしはなんとしても川を越えなければならん」

築山が、高飛車《たかびしや》な物言いで男衆に詰め寄った。

「江戸から国許に書状を届けなければならんのだ。一刻の猶予《ゆうよ》もない」

「そう申されましても、わたしどもではなんともなりませんで」

困り果てた男衆が、腰を折って揉《も》み手《で》をした。

「ではお隣様、わたしらはこれで」

川越の百姓四人が廊下に立つと、昨日挨拶をした四十がらみの男が巳之吉に会《え》釈《しやく》した。

「発《た》つかい」

「へぇ。では」

ほかの三人も巳之吉に頭を下げて、四人が階段のほうに立ち去った。

「あの者たちは何故《なにゆえ》出立できるのだ」

築山が頭のてっぺんから抜けるような声を出した。

「あの人たちは武州に帰るんだ。川止めなんぞどこ吹く風で、東海道を東に下っていくんでやすよ」

巳之吉が芝居じみた物言いをした。

口をへの字に結んだ築山が、腰の刀に手を添えて荒々しく階段を下りていった。

荷物を部屋に置いた巳之吉は、辰平と連れだって旅籠『杉屋』の表に出た。

「川の様子でも見てみるか」

巳之吉が口にすると、

「何もすることはないから、付き合いますよ」

辰平も富士川見物に付いてきた。

手甲《てっこう》脚絆はすでに外して、二人は手ぶらである。

宿場の通りを西に向かう者はほとんどなく、二人の横を東へ向かう旅人が足早に通り過ぎていった。

巳之吉と辰平が富士川の渡船場に近づくと、川辺にいくつもの人の塊《かたまり》があった。

諦《あきら》めきれない旅人が何人も、恨めしげに川の流れに眼を遣《や》っていた。

船頭たちも手持ち無沙汰のようで、車座を作ったり、思い思いに寝転んだりしている。

巳之吉と辰平が川辺に立った。

いつもの水量がどのくらいか知らないが、川の流れが速かった。

やはり、上流では雨が降ったようだ。

「金なら出すと言うのだ。わしを渡してくれ」

「無理なもんは無理なんだよ」

言い合う声のほうを振り向くと、簗山太左衛門が一人の船頭に追いすがっていた。

「この速さじゃ、船が流されちまいますよ」

昨夜の居酒屋にいた、相撲取りのような体格の男が喚《わめ》いた。

「とにかく、おれたちじゃ決められん。あそこの船会所《ふなかいしょ》で掛け合ってくれ」

相撲取りのような男が一方を指さした。

「掛け合ったが、無駄だったのだ」

足を止めた簗山が、がくりと項垂《うなだ》れた。

「こりゃもう、上のほうで流れを堰《せ》き止めるしか手はありませんや」

冗談めかして巳之吉が口にした。

「それを、そのほうできるのかっ」

簗山が真顔で巳之吉を見た。

「わたしにゃできませんがね」

「できぬことを軽々《けいけい》に口にいたすなっ」

吠《ほ》えたてた簗山が眼を吊りあげて、宿場のほうに大股で向かった。

「ゆんべ、お前さんが言った通りになったねぇ」

巳之吉が声を掛けると、

「お。飲み屋の二人か」

相撲取りのような船頭が、顔を和《なご》ませた。

「明日はどうだろうね」

「無理かもしんねぇ」

船頭が首を傾《かし》げた。

「一日することがねぇから、おれはひとつ、ゆんべ話に出た鬼火って奴の見物に行くことにするよ。どうだい一緒に」

旅籠に戻りながら巳之吉が辰平を誘った。

旅籠『杉屋』の部屋で身支度をしていると、番頭が下女のおさきとともに入ってきた。

「頼まれていた二人分の握り飯だよ」

おさきが、竹の皮の包みを畳に置いた。

「今、なん時だ」

「そろそろ四つ（十時頃）です」

おさきが言った。

「それでお客さん、ほんとうに赤沼村においでになるので」

番頭が気遣《きづか》わしそうな眼を向けた。

「おう」

巳之吉が返事をすると、

「ううん」

辰平の声は歯切れが悪かった。

「やめたほうがいいと思いますがねぇ」

番頭の言葉に、おさきが相槌を打った。

「江戸っ子が、鬼火なんぞに尻尾《しっぽ》を巻くわけにはいかねぇよぉ。ものの怪とやらがお出ましになったら、挨拶のひとつもしてやるよ」

巳之吉が、番頭とおさきに笑みを向けた。

番頭の口から、ため息が細く洩れた。

「あ。いけない。わたしはうっかりしてました。この近くで回らなきゃいけないところがあるのを思い出しました」

身支度を整えた辰平が立ち上がると、

「巳之吉さん、すまない。わたしは鬼火よりも商いのほうが大事でして」

すたすたと部屋を出ていった。

「お一人でも、行くおつもりですか」

「おう。行くよっ」

巳之吉が、番頭に頷いた。

「それでは、今のうちに宿代を頂戴《ちょうだい》したいのですが」

番頭の眼が泳いでいた。

「なるほど。ものの怪に取り憑かれて、おれが帰ってこないと踏んだね。ま、いいだろう。商人《あきんど》なら取りっぱぐれの用心はするものだ」

巳之吉は、宿代二百文（約五千円）を置くと、部屋を出た。

階段を下り、巳之吉が土間で草鞋《わらじ》を結ぶ間、番頭やおさきのほかに、宿の奉公人たちまで出てきて息を詰めていた。

「あの、もしものときは、宿帳に書かれていたところに知らせればよろしいので」

「そうしてくんな。江戸、霊岸島、南新堀町の『渡海屋』だよっ」

番頭に返答すると、巳之吉は表へと出た。

「じゃ行ってくるぜ」

出てきた宿の者たちに片手を挙げて、巳之吉が歩き出した。

「南無阿弥陀仏《なむあみだぶつ》」

巳之吉の背中で、呟くようなおさきの声がした。

三

大川端町の隠居所を出てすぐ、儀右衛門は四つを報《しら》せる時の鐘を聞いた。

豊海橋を渡って柳橋へ行こうと思ったが、南新堀の『渡海屋』に立ち寄ることにした。誰かに見つかって、『渡海屋』を避けてるなどと思われてはかなわない。

堀沿いを一町（約百九メートル）ばかり進んで、儀右衛門は『渡海屋』の土間に足を踏み入れた。

「こりゃ、ご隠居」

番頭の喜兵衛《きへえ》が上《あ》がり框《がまち》の際で手を突いた。

一斉に頭を下げた手代や小僧たちは、すぐに自分たちの仕事を続けた。

「お義父《と》っつぁん、奥へどうぞ」

帳場から急ぎやってきた鎌次郎が、奥へ案内に立とうとした。

「いや、行くところがあったんで、ちょっと顔を出しただけだよ」

奥との境にある暖簾が割れて、顔を覗かせた多代が、

「お父っつぁん、ちょっと」

手招くとすぐ、奥へと去った。

儀右衛門は仕方なく、草履《ぞうり》を脱いだ。

昼の光を浴びた中庭の廊下を進んだ儀右衛門が、多代の待つ座敷に入った。

「お父っつぁん、わたしゃあれからもう、巳之吉のことが気がかりで仕方ないんですよ」

いきなり口を開くと、多代がため息をついた。

「道中、何か悶着《もんちゃく》に巻き込まれて怪我《けが》をしやしないか、病に倒れて寝込んでるんじゃないか。そうなったら、旅に追いやったわたしたちをさぞ恨むに違いないなんて」

「お前は、取り越し苦労が過ぎるよ」

「だって、万一のことがあったらって気が気じゃありませんよ」

多代が、儀右衛門を恨めしげに見た。

巳之吉の日頃の行状《ぎょうじょう》に小言をいい、目くじらを立てていた多代とは別人のような気の揉みようだ。

家業に眼も向けず、芝居や芸者遊びにうつつを抜かす巳之吉に、多代は一切金を出さなくなったことがあった。

そうすれば巳之吉は改心して頭を下げて戻ってくると思っていたようだが、そうはならなかった。

金がなくなれば、巳之吉は知り合いの料理屋でお運びをしたり、幇間《ほうかん》の真似事をしたりして稼いでいると風の噂で耳にした多代は、半日寝込んだこともある。

夜の花街《かがい》を流し、役者の声色《こわいろ》を聞かせて小銭を稼いでいると知ったときなど、

「『渡海屋』の倅《せがれ》がなんと浅ましいことを」

と、多代は大いに嘆《なげ》いた。

さらに、金をせびりに来た巳之吉に鎌次郎が小金を渡していたことを知ったときの怒りには凄《すさ》まじいものがあった。

「父親なら巳之吉を戒《いまし》めるのがほんとうじゃありませんか」

多代の非難に一言も言い返せなかった鎌次郎が哀れでもあった。

「わたし、ずっと思ってましたけど、巳之吉があんなふうになったのはお父っつあんのせいですよ」

矛先《ほこさき》が儀右衛門に向けられた。

「『渡海屋』に婿《むこ》に入ったばかりの若い時分は、散々遊んでたっていうじゃありませんか。以前、番頭さんから聞いたわ」

ちらりと見た多代の眼に、儀右衛門を刺す棘《とげ》があった。

今になって、昔の行状を蒸し返されるとは思いもしなかった。

ただ、女房を悲しませ、泣かせるようなことはしなかったはずだ。

女房は死ぬまで、儀右衛門にお藤という情婦がいたことも知らなかった。

お藤を後添《のちぞ》えにと考えた儀右衛門は、家の者に打ち明けた。

十年前死んだ女房の、一周忌が明けた頃だった。

そのとき、泣き喚いて異を唱《とな》えたのが多代だった。

「おっ母さんが可哀相」

多代は儀右衛門を詰《なじ》った。そして、

「お父っつぁんにはほかに女の人がいたことを、おっ母さんが知らずに死んだのが幸いだわ」

とも言った。

女房は知らないで死んだと思い込んでいたが、ふと気になった。

ほんとうに知らなかったのだろうか。

儀右衛門の胸がにわかにざわついた。

「ね、お父っつぁん。巳之吉を旅に出したほんとうのわけは何？」

多代の眼が、儀右衛門を探るように見ていた。

「ほんとうも何も、この前言った通りだよ」

「巳之吉を追い出して、どこかから養子を迎えようという腹じゃありませんよね」

多代が、ツツッと膝を進めた。

「それは巳之吉次第さ。心を入れ替えて家業を継ぐと言えばよし」

「言わなければ？」

「『渡海屋』の暖簾を下ろすか、お前たち夫婦が養子を取るかだ」

「お父っつぁんはやっぱり、そこまで筋道をこしらえていたのねっ。どうせ、巳之吉なんか旅から戻ってこなくてもいいと思ってるんでしょう」

「落ち着け、お多代」

儀右衛門が穏やかにたしなめた。

「わたしは、養子を取るつもりはありませんからねっ」

多代の興奮は収まりそうもなかった。

昼間の柳橋を、儀右衛門は気に入っていた。

花街の夜の貌《かお》を脱ぎ捨てた通りには、静謐《せいひつ》というものがあった。

猫が寝そべる小路に、どこからともなく三味線《しゃみせん》の音が流れる風情《ふぜい》に惹《ひ》かれるのは年のせいだろうか。

南新堀の『渡海屋』を逃げるように出てきた儀右衛門は、その足で柳橋のお藤の家に来ていた。

儀右衛門が、日の射す縁側で盆栽《ぼんさい》に鋏《はさみ》を入れていると、

「お前さん、若旦那のお仲間の右女助さんが」

襖を開けたお藤が立ったまま告げた。

「庭に回るように言っておくれ」

儀右衛門が松の小枝を切った。

お藤の家のことは、家の者は皆知っていた。

巳之吉も妹のるいも、儀右衛門が隠居所にいないときはこの家を訪ねるのだが、多代だけは近づこうともしなかった。

巳之吉などは通りすがりに立ち寄って飯を食べたり、お藤と酒を酌み交わしたりすることもあったから、仲間の丑寅、岩松、右女助も柳橋の家のことは知っていた。

「大川端の隠居所にも行ったそうですよ」

お藤が部屋に戻ると、庭先に女連れの右女助が現れた。

「ご隠居さん、こんなところにまで押しかけて申し訳ありません」

右女助が、女形らしい身のこなしで腰を折った。

「何ごとだね」

儀右衛門が右女助と連れの女に笑みを向けた。

右女助は女を指し示して、巳之吉が以前から習ってる踊りの師匠、秀蝶だと言った。旅に出た巳之吉の様子を知りたいと尋ねてこられたのだが、皆目わからない右女助は女を伴《ともな》って儀右衛門を訪ねることにしたという。

「巳之吉さんの旅の様子はどんな塩梅《あんばい》で」

女師匠が取り縋《すが》るような眼で儀右衛門を見た。

「先日、箱根から届いた便りには、深山幽谷《しんざんゆうこく》冷気に満ちて爽快と書いてあった」

「つまりそれは」

右女助が訝《いぶか》しげに小首を傾げた。

「旅が楽しくなったと、便りには書いてあった。本心かどうかはわからんが」

口に手を当てた師匠が、ううと声を洩らした。

「それはつまり、これからも旅を続けるということですね。都まで行って、つまり、あとひと月は戻らないということなんですね」

口に当てた手からさらに大きな呻《うめ》き声を洩らして、師匠は表へと駆け出した。

「失礼します」

右女助が、慌てて師匠を追っていった。

儀右衛門が大きく息を吐いた。

「お前さん、何か気がかりなことがあるんじゃありませんか」

お藤が座り込んで、湯呑を置いた。

「ここにお見えになったとき、顔つきがきつうござんした」

湯呑を手にした儀右衛門が、ふふと苦笑いをした。

一口茶を啜《すす》ると、『渡海屋』に立ち寄ったときのことを打ち明けた。

巳之吉を心配するあまり、多代にやり込められた一件だ。

「伊佐蔵さんに若旦那の見張りを頼んだと言っておあげになれば安心なすったんじゃありませんか」

「家の者は安心するだろうが、あとあと巳之吉が知ったときのことを考えると、ちと厄介だ」

おそらく、巳之吉は拗《す》ねるだろう。

『おれをよくも子供扱いしてくれましたね』

自分が世間知らずだとは思いもしないところに巳之吉の危うさがあった。儀右衛門から重々しいため息が洩れた。

吉原の宿場をあとにした巳之吉は、ひたすら山のほうへと向かっていた。日はすでに中天《ちゅうてん》を過ぎて、西に傾きはじめていた。田圃《たんぼ》や畑地の野道を行き、林を抜け、鬱蒼《うっそう》とした森を二つばかり通った。吉原を出てすぐの頃見えていた富士山も、周りに聳《そび》える高木《こうぼく》に遮《さえぎ》られてどの方角にあるのかもわからなくなっていた。

薬売りの辰平は、赤沼村までは四里ほどだと言っていた。大人の足なら二刻（約四時間）もあれば着く道のりである。とっくに二刻は歩いているが、一向に村らしいところに行き着けないでいた。

樹間《じゅかん》を抜けると、眼の前が急に開けた。

一辺が十間（約十八メートル）ほどの水田が三面ばかりあったが、土はひび割れ、畔《あぜ》も崩れて枯れ草が茂っていた。

今は使われていないようだが、近くに百姓家があるのかもしれない。

荷車一台が通れそうな道を進むと、田圃の先で二股に分かれていた。

少し迷ったが、巳之吉は日差しの当たっている右の道を進んだ。

が、五、六間（九から十メートル八十センチ）も進むと足元に枯れ草がまとわりつき、両側から葉の落ちた灌木《かんぼく》が迫った。

背の高さほどもある枯れ草を掻《か》き分けた先に、少し開けた場所が見えた。

急ぎ分け入ると、大小七、八基の朽《く》ちた墓石が並んでいた。

突然、バタバタと羽音がして墓石の後ろから黒いものが飛び立った。

「わぁ」

思わず声を上げて、巳之吉は今来た道を引き返した。

田圃脇の二股に戻ると息を整え、左へ行く道に足を向けた。

日はまだ空にあるはずだが、葉をつけた木々の枝が頭上を覆《おお》って、あたりは薄暗い。

途中で引き返せばよかったな――そんな思いが何度か襲った。

巳之吉を思いとどまらせたのは、ただの意地だった。

赤沼村には行ったが、鬼火は見えなかったと言えば済むのだが、それでは信用されまい。

巳之吉は小さい時分から、些細《ささい》なことを大げさな作り話に仕立てることは得意だが、見てもいないことを嘘《うそ》で塗り固める技量には欠けていた。

遠くからでもいい、ものの片鱗《へんりん》なりとも眼にしないでは作り話もできそうになかった。

小川を渡り、茂みと竹林を抜けると、突然眼の前が開けた。

四方をなだらかな山に囲まれた村落が眼下に広がっていた。

畑地もあれば水を抜かれた水田もあった。

幅二間（約三メートル六十センチ）ばかりの川には橋も架かり、上流には水車小屋も見えた。
四、五軒ほどの百姓家の塊が、田畑をぐるりと囲む山の麓《ふもと》にいくつか点在していた。
長閑《のどか》な風景だった。

緩《ゆる》やかな斜面を下りて野道に出ると、巳之吉は川のほうへと歩き出した。

川に架かる橋の袂《たもと》から水辺に下りて、両掌で水を掬《すく》った。

清らかな冷たい水を喉《のど》に流し込むといきなり噎《む》せた。

そのとき、橋の上で人影が立ち止まった。

鍬《くわ》を肩にした四十ばかりの百姓と、背負い籠《かご》を背にした老爺《ろうや》だった。

「ちと尋ねるが、赤沼村というのはここかい」

巳之吉が声を掛けた。

途端に、二人の百姓の顔に警戒の色が浮かんだ。

「ここまで来るのに手間取ってしまってね、今夜はここに泊まろうと思うんだが、宿なんてものは」

巳之吉が言い終わらないうちに、百姓二人が足早に立ち去った。

「ちっ」

舌打ちをして西の空を見ると、日は大分傾いていた。

一、二月に比べれば日も長くなったが、まだ弥生《やよい》三月である。

あと一刻もすれば夕闇が迫るに違いない。

四

杉の木立に囲まれた鎮守《ちんじゅ》の森は、四軒ばかり建っている百姓家に近いところにあった。

社《やしろ》の回廊《かいろう》に腰掛けた巳之吉は、残っていた握り飯を頬張った。
辰平の分まで持ってきたのが幸いした。
村に宿はありそうにもなく、巳之吉は社の中で夜を明かすことにした。
天井も板壁もしっかりしていて、雨露《あめつゆ》は凌《しの》げるし、風も避けられる。
日はすっかり落ちて、夜の帳《とばり》に包まれはじめた。
遠くでホウと梟《ふくろう》の声がした。
鎮守の森の杉が、ザワザワと鳴った。
握り飯を口に運びかけた巳之吉の手がびくりと止まった。
社に上る石段のほうから、シャッ、シャッと足音のようなものが近づいてきた。
石段の一番上に人影が立ったとき、巳之吉の手から握り飯が落ちた。
「あの」
人影が発した声は、遠慮がちな女のものだった。
強張《こわば》って動けないでいた巳之吉の前に近づいてきたのは、十七、八の百姓娘だった。
「お社に旅の人がいるらしいと聞いたので」

娘が控えめな物言いをした。

「赤沼村に来たんだが、思いのほか時が経《た》って、それで帰るに帰れず」

やっとのことで巳之吉が口を開いた。

「もしよければ、うちに泊まってもいいと、お父っつぁんが言っているのですが」

娘の声が、巳之吉には神仏のお告げのように沁みた。

社で夜を明かす覚悟はしていたものの、日が翳《かげ》るに従って恐怖と不安に心細さを覚えていたのだ。

「是非、お願いしたい」

巳之吉が絞《しぼ》り出すような声を出した。

「うちはすぐ近くですから」

娘がゆっくりと石段に向かった。

巳之吉は慌てて娘のあとを追った。

娘に案内された百姓家は、野道から二間ばかり高いところにあった。

家に入ると土間があり、板張りに切られた囲炉裏《いろり》の傍に四十近い男と、同じ年格好の女がいた。

「お父っつぁんとおっ母さんです」

娘が巳之吉に言った。

「ささ、お上がりなさいまし」

笑顔の父親が囲炉裏を手で指した。

「それじゃ遠慮なく」

巳之吉が土間に近いところに、父親と向かい合う形で腰を下ろした。

娘が巳之吉の右隣に座った。

「夕飯を一緒にどうだね」

左隣に座っていた母親が人懐《ひとなつ》っこい顔を向けた。

家の者たちの傍にはすでに麦飯や煮物、漬物が置いてあった。

囲炉裏では、自在鉤《じざいかぎ》に掛かった鍋《なべ》がいい匂いを漂わせていた。

「腹はそんなに減っちゃいないが、鍋のものをいただきたいね」

「根深汁《ねぶかじる》ですが」

そう言うと、娘が椀《わん》に取って巳之吉に手渡した。

汁椀が皆に渡ると、

「いただこう」

父親の声で一斉に箸を取った。

「美味《うま》いっ」

根深汁を啜った巳之吉の口から、思わず声が出た。

二親《ふたおや》と娘は巳之吉を見て、微笑《ほほえ》んだ。

時折、犬の遠吠えが聞こえた。

「あ、わたしは治平《じへい》といいます」

父親が言った。

「おれは巳之吉と申します」

母はもよと名乗り、娘はすずだと言った。

巳之吉は汁だけでは収まらず、結局、麦飯をよそってもらった。

「酒は飲めるのかい」

食事が終わり、器が片付けられると、治平は、徳利と湯呑茶碗をすずに運ばせた。

「酒は好きですが、うわばみじゃぁありません。付き合い程度ですよ」

巳之吉が目尻を下げた。

治平に注いでもらい、濁り酒《にござけ》を口に運んだ。結構な味がした。
ただのどぶろくだろうと思っていたが、

「この村に人がおいでになるというのは滅多にありませんでね。こんなところに巳之吉さんはなんでまた」
一口酒を口にした治平が笑顔を向けた。

「旅の途中なんだが、川止めに遭《あ》ってしまってね。宿にくすぶってるのもつまらねぇから、近在を歩いてみようと思ったのさ」
いくらなんでも、鬼火を見に来たとは言えなかった。

「巳之吉さんは、どちらから」
相変わらず治平の物言いは穏やかだった。

「江戸だよ」

「おっ母さん、江戸だって」
もよと一緒に土間を上がってきたすずが眼を輝かせた。

「江戸からねぇ」
もよが座り込み、酒の肴の漬物の小皿を巳之吉と治平の間に置いた。

「巳之吉さんは、江戸で何を」

治平が酒を注ぎ足しながら聞いた。

「何ということは、してませんでね」

親子三人の眼が巳之吉に注がれていた。

茶碗の酒を半分ばかり飲むと、巳之吉が身の上を話しはじめた。

江戸の廻船問屋『渡海屋』の長男だが、家業を継ぐ気はなく、十三、四の時分から遊び呆《ほう》けていたのだと正直に言った。

妹が他家に嫁《とつ》いだことで、『渡海屋』の行く末が巳之吉の両肩にのしかかったのだと、ため息をついた。

「それでまぁ、隠居した爺さんが、世の中を知れとかなんとか言って、おれを旅に追いやったのよ」

酔いの回った巳之吉は、己の悲運を嘆いた。

「しかしまた、なんでこの赤沼村に」

「あれ。さっきもおんなじことを聞かれた気がするね」

「そうでしたか」

治平が苦笑いを浮かべた。

「こっちのほうに来れば、富士のお山が間近で見られるんじゃないかと思ってね。だけど、近づいてるはずなのに、一向に富士山を拝《おが》めないという、摩訶不思議《まかふしぎ》な事態に立ち至りまして」

「危ない」

囲炉裏のほうに揺れた巳之吉の身体を抱き止めたのはすずだった。

「巳之吉さん、狭いところですが布団を敷いてありますから、そろそろ」

治平が言うと、もよが立ち上がった。

「それじゃお先に」

巳之吉は、もよとすずに両脇を抱えられ、覚束《おぼつか》ない足取りで土間に近い小部屋へと連れていかれた。

尿意《にょうい》を覚えて、巳之吉がもぞもぞと身を起こした。

周りは真っ暗で、自分の手も見えない。

囲炉裏で酒を飲んだことをぼんやりと思い出した。

横になってからどのくらい経ったのか、皆目見当がつかない。

少しふらつく足で立ち上がった巳之吉は、壁に手をついて引き戸を探り当て、静かに開けた。

家の中は暗く、静かだった。

囲炉裏の薪《たきぎ》の燃え残りが、ぼんやりとした明かりを放っていた。

厠《かわや》は前庭に出て左側にあると聞いていた。

巳之吉は土間に下りると、そろりと戸を開けて庭に出た。

空に半月が出ていて、辛《かろ》うじて厠の小屋が見えた。

巳之吉は厠に入るのをやめて、小屋の横で着物の裾《すそ》を割った。

万が一、肥溜《こえだめ》に足を突っ込んでしまってはたまらない。

闇に向かって放尿《ほうにょう》を終えた巳之吉が、家に戻ろうとして、ふと振り向いた。

眼を凝《こ》らすと、闇の彼方《かなた》に、いくつもの火が列となって、右から左へとゆっくりと動いていた。

「あ」

巳之吉の口から、言葉にならない声が出た。

鬼火だ——巳之吉が胸のうちで叫んだ。

ギェッと、闇の中で何かが啼《な》く声がした。

巳之吉は足をもつれさせて家の中に飛び込むと、部屋に入って頭から布団を被《かぶ》った。

突然光が射して、「うう」と声を洩らした巳之吉が眼を開けた。

布団の上でもぞもぞと身を起こすと、雨戸を開け放したすずが障子戸だけを閉めた。

「朝ご飯、あとは巳之吉さんだけですから」

小さく微笑んで、すずが部屋を出ていった。

布団の上に座り込んだ巳之吉が、大きく息を吐いた。

昨夜はほとんど眠れなかった。

鬼火を見た恐さに加え、木々の葉が風に鳴る音、雨戸の軋《きし》みが気になって頭が妙に冴《さ》えた。

朝の光に起こされる直前、ほんの僅《わず》かまどろんだだけのような気がした。

すっかりはだけた寝巻の前を合わせると、巳之吉はのそのそと部屋を出た。

「よく寝ましたね」

薪の燃える囲炉裏を前に座っていた治平が、強張った顔で巳之吉を迎えた。

昨夜と同じ場所に座っていたもよも、沈んだ顔で小さく会釈した。

巳之吉は、昨夜と同じ場所に座った。

土間から上がってきたすずが、盆に載せた朝餉を置くと、巳之吉の右隣に座った。

「どうぞ」

すずに勧められたが、どうにも食欲がない。

それに、湯呑を手にした治平ともよ、それにすずまでが眼の端で巳之吉を窺っているような気配があった。

それが息苦しく、巳之吉は思い切って箸を手にした。

「昨夜、起きられましたね」

味噌汁《みそしる》を一口飲んだとき、抑揚《よくよう》のない治平の声がした。

「う、うん。厠に」

巳之吉が作り笑いを浮かべた。

「何か、見ましたか」

巳之吉を見た治平の顔に、感情というものがなかった。

返答を待っているのか、もよとすずがじっと巳之吉を見つめた。

「夜、厠のところから、いくつもの、火が――」

巳之吉が、絞り出すような声を出した。

親子三人の刺すような眼が、巳之吉に向けられた。

「何か」

巳之吉の声がかすれた。

「巳之吉さん、この村は昔から祟《たた》られているのですよ」

治平がぽつりと言った。

巳之吉が箸を置いた。

食欲はすっかり失《う》せていた。

「一刻も早く、村を出てお行きなさい」

身を乗り出して囁いた治平に、巳之吉は大きく頷いた。


急ぎ身支度を終えた巳之吉が、あたふたと治平の家をあとにした。

野道に下りて、鎮守の森のほうに歩き出した巳之吉の左手には長閑な田園の風景があった。

遠く近くの畑地に、種を撒《ま》いたり耕《たがや》したりしている百姓の姿がいくつかあった。

昨夜見た鬼火は幻《まぼろし》ではなかったのか――ふと、そんな思いにかられた。

足を止めた巳之吉が、遠くへ眼を向けた。
治平の家の庭から見た鬼火は、畑地の奥の山のほうから左へと動いていたと思われる。
眼にした途端、家の中に逃げ込んで、鬼火がどこへ向かったかは見届けられなかった。
赤沼村を低い山が取り囲んでいたが、左のほうに稜線《りようせん》が落ち込んで谷を形作っていた。
鬼火は昨夜、そのあたりに向かったのではないか。
谷あいには何かがあるような気がした。
巳之吉の好奇心がむくむくと頭をもたげた。
『お天道様さえ出てりゃこっちのもんだ。恐ぇものなんかあるもんかい』
腹の中で啖呵《たんか》を切ると、巳之吉が踵《きびす》を返した。
治平の家の前を急ぎ通り過ぎたが、人影は見えなかった。

五

村落を離れて四半刻《しはんとき》（約三十分）ばかり進むと、山肌が左右から迫ってきた。

道らしい道がなくなり、樹木の枝が行く手を阻《はば》むように密集していた。

息を切らした巳之吉が立ち止まって、ふうと息をついた。

ちろちろちと鈴の鳴るような音を聞いて、耳を澄《す》ませた。

右手の茂みの向こうから音がしていた。

茂みを掻き分けて進むと、幅一尺（約三十センチ）ほどの小川がちろちろと音を立てていた。

谷の奥のほうから流れてきていた。

巳之吉は川の流れに沿って歩き出した。

半町（約五十五メートル）ばかり進み、せり出した崖《がけ》沿いを大きく左に曲がっている道を通り抜けた巳之吉が、息を飲んで立ちすくんだ。

「あ」

口を開けたが、声が出なかった。

小川の流れの先に、緑を敷き詰めたような田圃が縦長《たてなが》に伸びていた。

その田圃から流れ落ちた幾筋《いくすじ》もの水がひとつになって小川になっていた。

両側の山の斜面から木々の枝が伸びて、まるで緑の敷物を守るように覆っている。

その木々の枝を通り抜けたいくつもの光の筋が、緑の敷物をきらきらと輝かせていた。
巳之吉が見たこともない光景だった。
桃源郷《とうげんきょう》という言葉をふと思い出した。
そろそろと緑の敷物に近づくと、緑の葉が重なるようにあった。
葉の下には、何度も眼にしたことのある山葵《わさび》の茎《くき》が見えた。
突然、ガサガサと音がした。
左右の木立の間から十人ばかりの男たちが飛び出して、巳之吉を取り囲んだ。
頬被《ほおかぶ》りをしているが、装りからして百姓たちだ。
「な、なんだ」
巳之吉が辛うじて声を上げた。
鍬や鎌《かま》を手にした百姓たちは何も言わず、ジリッと巳之吉を囲んだ輪を狭《せば》めた。
ただならぬ様子に、巳之吉はぞくりとするものを感じた。
「あんた」
巳之吉が、鎌を手にした一人の男に眼を留めた。

「早く、村を出ろと言ったのに」

頬被りの下に治平の顔があった。

「ここを知られたからには、黙って帰すわけにはいかなくなったよ」

治平がくぐもった声を出した。

「あんた、親切に泊めてくれたじゃねぇか」

「野宿でもされると、鬼火を見られる恐れがあったんだよ。酒に酔わせて朝まで眠らせるつもりが」

治平が鎌を振り上げた。

ほかの連中も、手にしていた鎌や鍬で身構えた。

そのとき、斜面を駆け下りた男が百姓の輪を破って巳之吉の前に立った。

「何も殺すことはないだろう」

百姓たちに向かって口をきいたのは、巳之吉を海のならず者から救ってくれた男だった。

「この場所のことは、おれも、こちらの兄さんも口外はしないよ」

巳之吉が大きく相槌を打った。

「どうしても殺すと言うなら、こっちも防がなきゃならなくなるよ」

静かだが凄味《すごみ》の利いた男の物言いに、百姓たちが怯《ひる》んだ。

「みんな、手を下ろしなさい」

治平の横に立っていた男が、頬被りを外した。

「誰にも言わないと仰《おつしや》るが、どうやって信じればよろしいのかな」

顔を晒《さら》した五十ばかりの男が百姓たちの頭分《かしらぶん》のようだ。

普段なら人のよさそうな顔だが、今は表情が硬い。

「おれの隠しごとを見せたら、得心《とくしん》してくれるか」

顔の角ばった男が、百姓の頭分を輪の外に誘い出した。

巳之吉や百姓たちに背を向けた男が、自分の左の袖《そで》をまくり上げるような動きをしたが、陰になっていて判然としない。

「あとはわたしがお相手をするから、みんなは帰っておくれ」

頭分が百姓たちに向かって、穏やかな声で言った。

「大丈夫だから」

頭分に言われて、治平ら百姓たちは心配そうにその場から去った。

「わたしは、赤沼村の名主《なぬし》、欣兵衛《きんべえ》といいます」

頭分が、巳之吉と角ばった男に軽く会釈した。

「いったい、おれがここに来て、なんで命を狙われなきゃならねぇんだ」

巳之吉が強気に転じた。

「おれが山葵を盗みに来たとでも思いなすったのか」

「兄さん、ここは山葵の隠し田なんですよ」

巳之吉をやんわりとたしなめると、角ばった男が、『でしょう？』というように欣兵衛を見た。

顔を強張らせた欣兵衛は、微《かす》かに頷いた。

「ええと、それはその」

巳之吉にはなんのことかさっぱりわからない。

「この村は、長年困窮《こんきゅう》しておりました」

山葵田を振り向いて、欣兵衛がため息交じりに口を開いた。

天候の不順などで米が不作になっても、年貢は容赦なく取り立てられたという。

村を逃げる者もいた。飢《う》え死にする子も出、一家で首を吊って死んだ家もあった。

男児は宿場に奉公に出され、女衒《ぜげん》に売られた娘もあとを絶たなかった。

「なんとかしなければ、村がなくなる。そう思いましてね」

欣兵衛は村人たちと密かに隠し山葵田を作り、稲の隠し田を三年がかりで作った。

七年前からやっと、隠し田の米も山葵も収穫できるようになった。

「村人たちは方々へ行商《ぎょうしょう》に出、山葵や米を売り、凶作に備えて村の蓄《たくわ》えにしたのです」

以来、赤沼村では、娘が身売りすることはなくなり、困窮に喘《あえ》ぐ者も出なかった。

「なんでまた」

巳之吉が、ぽつりと疑問を口にした。

「飢饉《ききん》や凶作になっても、お上は助けてくれないからです」

欣兵衛が、笑み交じりで言った。

「我が身は自分で守るしかなかったんですよ」

欣兵衛の口ぶりは淡々としていた。

隠し田の山葵の収穫、米の採り入れは、人の眼のない夜、村の男が総出で行われるのだという。

集まった者たちは、米の時期には米を、山葵が育てばその都度、松明《たいまつ》の明かりを頼りに山に入って採り入れるのだった。

余所《よそ》から来た者に、夜の松明を見られたときは、

「鬼火が出る」

そう言って納得させるようにしたという。

鬼火の噂はいつしか広まり、それに便乗してものの怪も出るのだと喧伝《けんでん》して、余所者が村に近づかないように努めた。

「昨夜、おれが見たのは」

「たまたま、山葵の収穫でしたので」

欣兵衛が巳之吉に笑みを向けた。

得心して頷いた巳之吉が、

「だが、お前さんら、偉いね」

感に堪《た》えないという物言いをした。

「言ってみりゃ、お上にけつをまくってるってことだ。その心意気は見上げたもんだよ。いや、おれもかねがね、このところのお上のやり口にゃ腹を立ててたんだ。隠し田に隠し山葵田、大いに結構なこっちゃありませんか」

巳之吉が一気にまくし立てた。

あと四半刻もすれば、日が中空《ちゆうくう》に昇りきる頃合いだった。

巳之吉は、顔の角ばった男のすぐあとに続いて赤沼村をあとにした。

「村の者に吉原への近道を案内させますよ」

帰り際、欣兵衛がそう言ってくれたのだが、

「道は覚えております」

角ばった男が、そう返事した。

「なんでまたお前さん、あの村に来たんだい」

巳之吉が、男の背中に問いかけた。

「川止めに遭いましてね。何もすることもないもんですから、暇潰《ひまつぶ》しに、噂に聞いた鬼火の村へ行ってみようかと」

「物好きだねぇ」

その言葉に男は返事もせず、ゆっくりとした足取りで前に進んだ。

「昨夜は鎮守の森で一晩明かしたんですが、回廊に食いかけの握り飯が転がっていましたよ」

「あ。鳥の餌《えさ》にでもなればと、置きっぱなしにしたんだ」

巳之吉がさらりと返答した。

「余所者が来てるなと思いましたが、兄さんでしたか」

男の声に笑いが含まれていた。

「そういや、旅の途中、男を探してる女がいたなぁ」

巳之吉が男の横に並んだ。

「お前さん、女から逃げてるんじゃないのかい」

「いいえ」

「そうかねぇ。いや、女の言う人相風体が、お前さんにそっくりなんだよ」

巳之吉が男の顔を覗き込んだ。

男は動じることもなく、前を向いたまま歩《ほ》を進めた。

夕刻七つ（四時頃）の吉原は、宿探しに駆けまわる旅人たちで騒然としていた。

今日も川止めだったようだ。

吉原の宿場近くで男と別れた巳之吉は、旅籠『杉屋』の土間に足を踏み入れた。

「帰ったぜっ」

声を張り上げると、

「こりゃ、よくご無事で」

帳場から番頭が飛び出してきた。

「あわわわ」

奥から出てきた下女のおさきが言葉にならない声を上げた。

「おさき、急いで濯《すす》ぎを」

「はぁい」

おさきがふたたび奥へと駆け去った。

「番頭さん、部屋はあるかい」

「前と同じ部屋になりますが」

「結構だよ」

巳之吉が框に腰掛けるとすぐ、

「やっぱり巳之吉さんの声だったねぇ」

薬売りの辰平が階段を下りてきた。

「昨日戻らないから、これは何かあったに違いないなんて。ね番頭さん」

「いえ、わたしは何も」

番頭が大きく手を打ち振った。

「大方、おれがものの怪に取り殺されたんじゃねぇかなんて言ってたんだろうよ」

巳之吉がはははと笑い声を上げた。

濯ぎを持ってきたおさきが、

「それでお客さん、赤沼村には行ったのかね」

巳之吉の足を洗いながら恐々と見上げた。

「あぁ。行ったさ」

巳之吉が胸をそびやかした。

辰平も番頭も、通りかかったほかの下女までもが足を止めて巳之吉に注目した。

「赤沼村まで四里の道だが、どうしてどうして、簡単に行き着けるような場所じゃぁなかったよ」

腕を組んで巳之吉が唸《うな》った。

「道はいつの間にか細くなり、藪《やぶ》を抜け、森を通って進むのだが、いや、進んだと思ったのはおれの間違いで、知らぬ間に元の道に出たということも二度三度だ。二刻ばかりで行き着くはずの道のりが、村に着いてみればあたりはすでに宵の口。宿もなければ、家の明かりも見当たらぬ。仕方がねぇからただ一人、鎮守の森のお社で、一晩厄介になることにしたのだが」

巳之吉が言葉を切ると、周りで聞いていた連中が息を詰めていた。

「風が吹き、木の葉が騒ぐ丑三《うしみ》つ時《どき》、ふと目覚めるとあたりは漆黒《しっこく》の闇だ。そのとき、闇の向こうにちらちらと、何か光るものが眼に入ったと思いねぇ。お社の石段の上に立つと、闇の向こうにぽつぽつと、ゆらゆら揺れる火の光が二つ、三つ、五つ、ふわりふわりと怪しげに、通り過ぎたのが序の口だ。妙な唸り声がしたかと思うと、毛むくじゃらの猪《いのしし》がドドドドッと石段を駆け上がってきた。身を翻《ひるがえ》して避けると、お社の屋根からは、般若《はんにゃ》のごとく牙《きば》を剝《む》いた女のもののの怪が煙のように降ってきた。ここで怯んではなるまいと、信心深い巳之吉は、ものの怪退散の呪文《じゅもん》を諳《そら》んじたっ」

講釈師《こうしゃくし》の合いの手のように、巳之吉が、手で膝を叩いた。

聞いていた連中が、一斉に頷いた。

「それでまぁ、こうやって戻ってきたというわけだ」

聞いていた連中の口からため息が洩れた。

「あの村は確かに崇られてるよ。悪いことは言わないから、金輪際《こんりんざい》近づかないほうが身のためだな」

巳之吉の言葉に、番頭たちの口からは、「やっぱりね」「噂はほんとうだったんだ」と、呟きが洩れた。

「さて、早いとこ風呂にでも入るとするか」

濯ぎ終えた足をおさきに拭《ふ》いてもらった巳之吉が、上がり口で立ち上がった。

「辰平さん、今夜も三人同じ部屋のようだね」

「それがね、簗山さんはどうなるかわからないね」

辰平が声をひそめた。

「昨日、巳之吉さんが赤沼村に向かってすぐ、どうしても川を渡るんだと言って、簗山さん、流れの中にざぶざぶと入っていったんだよ」

ところが、二間ばかり進んだところで簗山は足を取られて流されたと、その様子を見ていた辰平が言った。

「そのまま海に流されたようで、砂浜に打ち上げられたところを漁師に助けられたと、今朝、わたしどものところに知らせがまいりました」

番頭が、神妙な顔で頷いた。

「お武家ってのは、とかく一本気《いっぽんぎ》が過ぎるからねぇ」

ははは笑って、巳之吉は辰平とともに二階への階段を上がった。


富士川の渡船場一帯は、日の出とともに混み合っていた。

船に乗り込もうとする人の列ができ、早朝とも思えぬ活気に溢《あふ》れていた。

すでに、向こう岸へ渡り終えている船もある。

巳之吉も列に並び待っていると、ほどなくして船に乗る番が回ってきた。

「お、あんたか」

巳之吉に声を掛けたのは、相撲取りのような船頭だった。

船が一杯になると、相撲取りのような船頭は馴れた手つきで船を漕《こ》ぎ出した。

背中から射す朝日に、川面《かわも》がきらきらと輝いている。

相撲取りのような船頭は力強く漕ぎ続け、先に出ていた船に並びかけた。

「おっ」

巳之吉が、隣の船に乗っていた一人の女に眼を留めた。

箱根や吉原の居酒屋で人探しをしていた女だった。

「お前さんが探している男に似た男を見かけたぜ」

巳之吉が大声で隣の船の女に声を掛けた。

「どこで」

女が船から身を乗り出さんばかりになった。

「それがね」

言いかけて迷った巳之吉が、

「忘れちまったよ」

「ちっ、からかいやがって」

追い抜いた巳之吉の背中に、女の声が飛んだ。

男と会ったと言えば、赤沼村のことを話さなければならなくなる。

人に話せば、谷あいで見た隠し山葵田の光景が消えていくような気がした。

船が流れを横切る水の音が、なんとも心地よかった。

第三話　望郷《ぼうきょう》

一

富士川の西岸に渡り終えた巳之吉が、岸辺に立って振り返った。

二日間の川止めが解かれて、東から西へ、西から東へと旅人を渡す船の列に朝日が降り注いでいた。

東海道を都まで上り、さっさと江戸に引き揚げるつもりが、富士川を越すまでかなりの日数を費《つい》やしてしまった。

江尻まで運んでやるという誘いを真に受けて、小田原で怪しげな船に乗ったのが最初の躓《つまず》きだった。

そのあとは思いもよらない川止めに遭《あ》った。

『いくら急ごうと思っても、旅には意のままにならない何かが待ち受けている』

巳之吉はつくづく思い知らされた。

だからと言って、のんびり物見遊山《ものみゆさん》をしてやろうという境地には至らない。祖父、儀右衛門に課せられた旅を一刻も早く終えて、江戸に戻ってやろうというのが本音だった。

着物の帯を締め直し、身繕《みづくろ》いを整えると、巳之吉は富士川を背にして歩き出した。

三月に入ってからというもの、日増しに陽気が春めいた。

あとひと月もすれば季節は夏である。

川辺から細い道を上った先に、別れ道があった。

右への道は『身延《みのぶ》』とあり、左が『東海道』だった。

巳之吉は迷うことなく左へと足を向けた。

岩淵《いわぶち》を通り過ぎ、蒲原《かんばら》へと向かう坂を下った。

蒲原の宿に差しかかったとき、男女の巡礼《じゅんれい》の一団が小道から出てきた。

「哀れな」とか「可哀相に」とか、口々に言い交《か》わす声が耳に入った。

「何かあったので？」

巳之吉が、好奇心から声を掛けた。

「この先に、浄瑠璃姫《じょうるりひめ》の墓がありましてね」

巡礼の一団が立ち止まって、男の一人が後ろを指さした。

平安《へいあん》末期、陸奥《みちのく》に下る源《みなもとの》義経《よしつね》を追ってきた三河国《みかわのくに》の浄瑠璃姫が、疲労困憊《こんぱい》の末に、蒲原の吹上《ふきあげ》の浜で死んだという言い伝えがあるという。

土地の者は哀れんで浄瑠璃姫を葬《ほうむ》った。

巡礼の一団は、その墓に参ってきたのだと言った。

「なるほどね」

気のない返事をした巳之吉は、足を止めさせた詫《わ》びを言うと蒲原の宿へと急いだ。

『義経も罪作りなことをしたもんだ』

歩きながら腹の中で舌打ちをした。

女が追ってくるようなことをしておいて、そのあとのことは知らないというのは、薄情ではないか。

旅の途中、ちょいと遊んだ相手なら、嚙《か》んで含めるように言い聞かせ、女の未練を断たせてから陸奥へ旅立つべきだった。

「野暮《やぼ》なことしやがる」

巳之吉の口を衝《つ》いて出た。

巳之吉には、女とは綺麗《きれい》さっぱり別れてきたという自負があった。

女のほうから恨みを向けられた記憶もない。

『秀蝶にしてもお千代にしても』

巳之吉は踊りの師匠や亭主持ちの女の名を胸で呟《つぶや》いた。

二人とも、巳之吉の旅立ちが縁の切れ目だと得心《とくしん》したはずだ——とは思ったが、ふっと、小首を傾《かし》げた。

巳之吉の自負が、少し揺らいだ。

蒲原宿は駿河国、庵原郡《いはらぐん》にある。

江戸から三十七里半（約百五十キロメートル）、東海道五十三次の十五番目の宿である。

小さな宿場だが、岩淵に上がった甲州《こうしゅう》の年貢米が陸路で運ばれ、蒲原から船で江尻、そして江戸へと送られる輸送の中継地だった。

本陣をはじめ、上旅籠《じょうはたご》もあり、問屋場《といやば》、高札場《こうさつば》も備わっていた。

宿場の佇《たたず》まいを眺《なが》めながら、巳之吉は蒲原を通り過ぎた。

蒲原から一里ばかり先の、由比宿《ゆいしゅく》に入った頃、日は真上にあった。

早朝に吉原を発《た》って四里ばかりしか進めなかったのは、川越しに手間がかかったせいだ。

「いらっしゃい」

巳之吉が海沿いの飯屋に飛び込むと、威勢のいい女の声に迎えられた。時分どきで、入れ込みや小上がりに人が溢《あふ》れていた。

「奥の部屋が空《あ》いてます」

お運びの女に勧められて、巳之吉は三畳の小部屋に上がった。

「魚なら、塩焼き、煮付け、刺身がありますけど」

茶を運んできた若いお運び女が言った。

「旅の途中で生ものには気をつけろと言われてるから、煮付けにしよう。汁物と漬物、飯は少なめにしてくんな」

「はぁい」

「それと」

巳之吉の声に、去りかけたお運び女が振り向いた。

「冷《ひや》でいいから酒を一本」

迷ったあげくに注文した。

お運び女が去ると、巳之吉が懐《ふところ》の巾着《きんちゃく》を出して有り金を畳に並べた。

儀右衛門からもらったのが二両（約二十万円）余り。そのほか、餞別《せんべつ》にもらった分が一両余りで、三両以上を懐に巳之吉は江戸を出た。

これまでに、馬代、宿代、昼飯代、川越し代に金を使ったが、まだ三両と二朱ばかりが残っていた。

「これで、当分は安心だ」

思わず呟いた。

運ばれた飯を心安らかに食べ終えた途端、巳之吉が欠伸《あくび》を連発した。

睡魔にも襲われた。

頼んだ酒は半分ほどしか飲んでいないのだが、酔いが回ってしまったようだ。

「すまねぇが、四半刻《しはんとき》（約三十分）ばかり横にならしてもらいてぇ」

巳之吉が頼むと、器を片付けに来たお運び女が、

「お客さんも大分減ったから、いいよ」

そう言ってくれた。

横になるとすぐ、巳之吉の身体がとろとろと緩《ゆる》んだ。

「あれ、誰かいるよ」

巳之吉がむくりと身体を起こすのと同時に襖《ふすま》が開いて、四十ばかりの女が顔を突き出した。

日に焼けた丸顔の女だった。

「いや、さっき、お運びの娘に四半刻ばかり寝かせてくれと言っておいたんだが」

「おみのちゃんなら、昼の手伝いが終わって帰っていったけど、なんにも聞いてなかったたよ」

丸顔が首を捻《ひね》った。

「すまねぇ。勘定《かんじょう》を済ませたらすぐに出るよ」

巳之吉が立ち上がった。

「今は、なん時だい」

「八つ（二時頃）を過ぎた時分だよ」

「ええっ」

巳之吉が急ぎ持ち物を搔《か》き集めた。

勘定を払い、飯屋を飛び出すと、西に傾《かたむ》きはじめた日を浴びてきらめく海が開けていた。

四半刻だけのつもりが、半刻（約一時間）以上も寝てしまった。

だが、そのおかげで頭と身体はすっきりとしていた。

巳之吉は海沿いの道を西へと急いだ。

由比から半刻かけて一里ばかり歩くと、間《あい》の宿《しゆく》、西倉沢《にしくらさわ》に着いた。

五十三次のうちには数えられないものの、宿と宿の間に休みどころや茶屋と呼ばれる旅籠もある小さな宿場を間の宿と言った。

「お願いでございます」

路傍《ろぼう》に座り込んでいた男が巳之吉に声を掛けた。

山のほうへと緩やかに道が延びる、西倉沢宿の入口だった。

「物乞《ものご》いか」

「いえ、決してそうじゃないのです」

三十半ばくらいの男は、無精髭《ぶしようひげ》の伸びた顔を横に振った。

「わたしを、殺していただきたいのです」

男が、手を突いたまま縋《すが》るように見上げた。

「何を――?」

巳之吉が頭のてっぺんから抜けるような声を出した。

男は、殺していただけるなら一朱(約六千円)を進呈するという。

「妙な話じゃねぇか。そんなに死にたきゃ、海に飛び込むなり首を吊るなり、手はあるだろうに」

「その気力も根《こん》も尽き果てたのでございます」

男は深いため息をついた。

「話を聞こうじゃねぇか」

巳之吉は膝《ひざ》を折って男の横にしゃがんだ。

男は、つい半年前まで江戸にいたと切り出した。

十年前に所帯《しょたい》を持ち、娘も生まれたという。

ところが四年前、奉公先の薪屋《まきや》が火事で焼失《しょうしつ》し、男は仕事を失った。

女房は賃仕事《ちんしごと》に勤《いそ》しみ、男は日雇いで食い繋《つな》ごうとしたのだが、暮らしはついに行き詰まった。

「いつかはきっと江戸に呼ぶからと、女房の生まれ在所の府中《ふちゅう》に娘ともども帰したのです。ところが三年経《た》っても暮らしは立ちません。それでも、女房には会いたい、娘を見たいという思いが募《つの》り、江戸を出たのが半年前のことでした」

男は野宿を重ね、金がなくなれば坂道で車を押したり、年寄りの荷物を持ってやったりして、飢《う》えを凌《しの》いでここまで来たのだと、深いため息を洩《も》らした。

「しかしもう、この先の険しい薩埵《さった》峠《とうげ》を前に身も心も萎《な》えてしまいました。いっそここで死に、魂魄《こんぱく》となって女房子供のところへ行こうかと、そう思ったのでございます」

片手で口を押さえた男が、がくりと項垂《うなだ》れた。

「なるほど。ところでお前さん、江戸はどのあたりに住んでたんだね」

「へ？」

男が、きょとんと巳之吉を見た。

「何しろ、江戸のなんという町か聞きたいね」

「何しろ、江戸は広いもので」

「あぁ。そりゃぁ知ってる」

「もしかして、江戸のお方で？」

「そうだよ」

巳之吉が笑みを向けた。

「このところの心労で、昔のことがぼんやりとしてしまいまして」

男はゴホゴホと咳《せ》き込んで、胸を叩いた。

「で、どんな殺し方が望みだ。一思いに刺したほうがいいか、首を絞《し》められたいか」

「こ、殺す気ですか」

慌《あわ》てた男が、おたおたと口走った。

「それが望みじゃないのかい」

巳之吉が男の顔を覗き込んだ。

返答に困った男の口から、ウウと呻《うめ》き声がした。

「やぁめた」

そう言うと、巳之吉が立ち上がった。

「お前さんを殺したあと、死骸をここに置いていくわけにもいくめぇ。袖擦《そです》り合うも多生《たしよう》の縁てぇから、弔《とむら》いくらいはしなきゃなるめぇ。となると、墓堀りの人足《にんそく》を二人雇えば少なくとも五百文（約一万二千五百円）は出る。坊さんに経《きよう》を上げてもらうことになるから、お布施《ふせ》も出す。卒塔婆《そとば》代わりは石で済ませても、線香代、花代はかかるから、一朱もらっても、こっちの足が出る勘定だ。やめたやめた」

巳之吉はすたすたと歩き出した。

『死に急ぐことはない。滋養《じよう》を取って元気になりなさい』

中には、男の話に同情して金を置いていく気のいい旅人がいるかもしれないが、おれはそんな作り話に乗るほどお人よしじゃない。

「人でなし。お前なんか、峠道から崖下《がけした》に落ちてしまえ」

自棄《やけ》のような男の声が、巳之吉の背中に飛んできた。

「てやんでぇ」

巳之吉は、ふんと笑いとばした。

緩やかな道を歩いていると、行く手からやってくる旅人の様子に疲労困憊の色が濃かった。

大きく息を吐く者、立ち止まって両膝に手を置く者もいた。

「薩埵峠を越えてきたのかい」

巳之吉が声を掛けると、荷を背負った商人《あきんど》ははぁはぁと息をして頷《うなず》くだけだった。

「今から峠を越えるつもりなら、やめたほうがいい」

杖《つえ》を手にした雲水《うんすい》が、巳之吉の近くで足を止めた。

「日が落ちれば、足元が見えなくなる恐れがある。そうなると、細い山道で足を滑らせるということもありますぞ」

そう言い残して、雲水は由比のほうへと向かった。

道の真ん中で立ち止まった巳之吉の横を、峠を越えてきた旅人が疲れた足取りで通り過ぎていった。

今日のうちに興津《おきつ》まで辿《たど》り着きたかったが、峠道で日暮れてはかなわない。

先刻の騙《かた》りの男が追ってきて、峠から崖下に突き落とすという恐れもある。

巳之吉は、西倉沢で宿を取ることにした。

宿場の中ほどの旅籠に飛び込むと、空きがあった。

巳之吉が通されたのは二階の六畳間で、客はまばらだった。

旅人の多くは、一里ばかり東の由比を目指すようだ。

由比になら、飯盛り女を置いている旅籠もあるし、町中には飲み屋もあった。

西倉沢は、海と山の狭間《はざま》にへばりついたような小さな宿場だった。

山側の神社や寺は、ともに急な石段の上にあった。

「この宿には、何か面白いものはないのかねぇ」

夕餉《ゆうげ》を終えた巳之吉が下女に声を掛けた。膳《ぜん》を片付けに来た下女は、四十はとっくに過ぎたと思える女だった。

「それは、女のことかね」

にやりと笑った下女が、欠けた前歯を剝《む》き出しにした。

「いやいや、女はどうでもいいんだ。けど、聞くが、ここにそんな女がいるのかね」

「商売女はいないが、へへ、亭主に死なれた後家《ごけ》もいれば、昼間働く娘にしても、夜は暇《ひま》だからさ。話次第では、ひひひ」

歯欠け女がそう言って笑った。

「ほかにこの、ちょいと遊べるようなところはないかねぇ」

「いつもあるわけじゃないが、浜の漁師小屋がたまに賭場《とば》になるそうだよ」

博打《ばくち》はご法度《はっと》なのだが、間の宿に役人はいないのだという。

土地の漁師たちが開く賭場に、旅の連中が混じることはよくあるのだと歯欠け女が囁《ささや》いた。

かった。

二

五つ（八時頃）まで間がある頃合いだが、宿場の道は静まり返っていた。
旅籠から洩れる明かりのほかに照らすものはなかったが、歩くのに不自由はなかった。
賭場が開かれる漁師小屋は、宿場の入口から浜に下りたところにあるという。
巳之吉は、歯欠けの下女から聞いた道を行き、浜へと下りた。
月明かりを浴びた海は静かで、浜で砕《くだ》ける波の音がした。
浜の山寄りのところに、漁師小屋が三つばかり黒々と建っていた。
そのひとつから、ぼんやりと明かりが洩れている。
巳之吉が戸を叩くと、中から密《ひそ》やかに開いて、隙間《すきま》から若い男の顔が覗いた。
「『島屋《しまや》』のお熊《くま》さんから聞いてきたんだが」
巳之吉が、歯欠け女の名を出した。
男は黙って戸を押し開けた。
巳之吉は男に続いて土間に足を踏み入れた。
土間から上がった板張りに一枚の畳が敷かれ、サイコロ賭博《とばく》の真っ最中だった。

二本の蠟燭《ろうそく》に照らされた畳の周りに四、五人の客がいた。漁師らしい者、半纏《はんてん》を着た職人らしい者もいた。尾羽《おは》うち枯らした浪人や見るからに旅の商人の姿もあった。

戸を開けた若い男を傍《そば》に置いて、片隅で茶碗酒に口を付けている漁師が胴元《どうもと》だと思われる。

一朱を出して張り札に換えると、巳之吉が畳の前に座った。

勝ち負けを繰り返したが、四半刻もすると巳之吉の札はなくなった。

さらに一朱分の札に換えたが、それも瞬《また》く間に消えた。

「仕舞《しま》いだな」

巳之吉が腰を上げかけると、

「旅の人、金がなけりゃ貸しますぜ」

胴元の口からだみ声がした。

「借金をこさえて返せないときは、旅がおぼつきませんので」

丁重《ていちょう》に断った。

巳之吉が旅籠から持ち出したのは二朱だけだった。負けても金がなければ切り上げるほかはない。負けが込んだ者が、賭場に借金をしてまで取り返そうとしたあげく、ひどい目に遭った姿を江戸で何度も目にしていた。

「わたしはこれで」

巳之吉が土間に下りると、外から密やかに戸が叩かれた。

「ちょいとお待ちを」

若い者が巳之吉を制して戸の前に立った。

「松吉《まつきち》ですよ」

外から囁く声がした。

若い者が戸を開けると、するりと人影が滑り込んできた。

「それじゃ」

入ってきた人影とすれ違って外に出ようとした巳之吉の足がふっと止まった。

人影も足を止めて巳之吉を見た。

「おめぇ」

一朱で殺してくれと言っていた、騙りの男だった。

「へへへ、どうも」

小ざっぱりとした着物を着た騙りの男が卑屈《ひくつ》な笑みを浮かべて土間を上がっ

た。

ふん、口の端で小さく笑った巳之吉が、小屋を出た。

歩き出すとすぐ、後ろから小石を踏む音がした。

「お主《ぬし》や、遊び慣れてるようだな」

小屋の中にいた浪人だった。

総髪《そうはつ》のほつれ毛が風に靡《なび》いていた。

「潔《いさぎよ》い負け方だが、いいかさまにやられたな」

浪人は足を止めることなく、巳之吉を追い越していった。

「それを知りながら、なんであの場で教えてくれなかったんだよ」

巳之吉が浪人に追いついた。

「あそこで揉《も》めたら、ただじゃ済まなくなる。わしは、刃傷沙汰《にんじようざた》はごめん蒙《こうむ》りたい」

抑揚《よくよう》のない声でぼそりと言った浪人は、浜を上がって宿場のほうへと向かった。

その後ろに巳之吉が続いた。

二人は話をすることもなく、宿場の通りを進んだ。

旅籠の明かりが先刻より減っていた。

「おれはここだ」

巳之吉が『島屋』の前で立ち止まると、

「うん」

浪人は振り向きもせず、通りの先へと去った。


翌朝の宿場の通りは、海に昇ったばかりの朝日に輝いていた。

旅装を整えた巳之吉が通りに出ると、あちこちの旅籠から泊まり客が出てきた。

小さな宿場にこれほどの客がいたことに感心してしまった。

由比のほうに向かう者も見受けられたが、旅人の多くは薩埵峠へと向かっていた。

歩き出してすぐ、建物の陰ででれでれと笑い合う男女が眼に入った。

男は荷を担《かつ》いだ商人だが、女はどう見ても土地の者だ。

『ちっ。後朝《きぬぎぬ》の別れか』

腹の中で舌打ちをして、巳之吉は足を速めた。

宿場を離れるとすぐ、道が二つに分かれていた。

「左の下道は海にせり出した崖っぷちの道だから難所だよ」

今朝、朝餉の膳を運んできた歯欠けの下女が教えてくれた。

「右に行けば、また途中で中道と上道に分かれるがね」

上道というのは字の通り坂を上っていく道で、かなり大回りして興津に出るという。

巳之吉は右の道をとった。

十町（約千九十メートル）足らずの道を上ると、またも別れ道があった。

巳之吉は迷うことなく左の道をとった。

景色がいいのは中道だと、歯欠けの下女から聞いていた。

山の斜面に作られた中道は、巳之吉の右側は山だが、左には駿河灘が広がっていた。

景色に見とれていると足を踏み外して、遥《はる》か下の海にまで転がり落ちそうなくらい道は狭い。

日が高くなるにつれ、興津のほうから来た旅人とすれ違う数が増えた。

上り続けた巳之吉の息も上がった。

苦しげに顔を上げた巳之吉の視線の先に、道の海側に立っている浪人の姿があった。昨夜、賭場にいた浪人だった。

紺だか黒だかはっきりしない浪人の袴《はかま》の裾《すそ》が風に靡いていた。

浪人が立っていたのは、道の脇にある畳二畳ばかりの平地だった。

そこから道が下りになっているところを見ると、中道の峠のようだ。

「ゆんべはどうも」

巳之吉が、声を掛けて浪人の傍に立った。

「お」

それだけ返事をすると、すぐに浪人は東のほうを向いた。

五十くらいかと思っていたが、朝日を受けた浪人の顔を見ると、案外四十前かもしれない。

煤竹色《すすたけいろ》の着物も黒の袴もかなり色あせていた。

「おおっ」

浪人の視線の先を見た巳之吉の口から感嘆《かんたん》の声が洩れた。

湾曲《わんきょく》した海岸線の彼方《かなた》に、朝日を浴びた富士山が左右に稜線《りょうせん》を広げていた。

「でっけぇ！」

江戸では見ることのない光景に、巳之吉は圧倒された。

浪人が、帯に挟んだ紐《ひも》を外すと、竹筒《たけづつ》の水を飲んだ。

つられたように、巳之吉も自分の竹筒の水を飲んだ。

「ご浪人はどちらへ」

「当てはない」

特段ぶっきらぼうな口調ではなかった。

「お主は」

「都に行くのが当てと言えば当てですが、いついつまでにと決まった旅じゃありませんで。申し遅れました。わたしゃ、江戸、霊岸島の巳之吉ってもんです」

「加倉井《かくらい》源蔵《げんぞう》」

浪人は名乗ったが、物言いは相変わらず素っ気なかった。

「加倉井さんの話しぶりは、耳にしたことのあるお国なまりがありますねぇ」

何気なく口にした巳之吉を、源蔵が振り向いた。

それには構わず、巳之吉が思案を巡《めぐ》らせた。

芝居の女形、市村右女助を贔屓《ひいき》にしている乾物屋《かんぶつや》の若旦那の家に二、三日厄介《やっかい》になったことを思い出した。

乾物屋の台所女中として奉公していた娘の物言いに似ていた。

「おなかちゃんていうのは、上州《じょうしゅう》の高崎《たかさき》のほうから年季奉公に来てたんだが、加倉井さんもあっちのほうで？」

巳之吉の問いには答えず、源蔵は竹筒を帯に提《さ》げた。

「富士の山をしみじみ見ておいででしたが、なるほど。富士の向こうには江戸があって、その向こうには上州がありますからねぇ」

巳之吉が言い終わらないうちに、源蔵は歩き出した。

「上州には行ったことはありませんが、どういうところなんでしょうねぇ」

巳之吉が、源蔵の後ろから声を掛けた。

「わしには、帰れぬ国だ」

呟くように言った源蔵の肩が、心なしか尖《とが》っていた。


廻船問屋『渡海屋』の母屋《おもや》の庭に小雨が降っていた。

開けられた障子の近くに座っていた儀右衛門を囲むように、多代と鎌次郎、そして、るいが座っていた。

『巳之吉から便りがあったので、明日の昼前、『渡海屋』に出向く』

儀右衛門の用件は、多代の口からるいへと伝わっていた。

「巳之吉によれば、吉原で二日も足止めを食ったそうだ」

「なんですって」

多代が、唸《うな》るような声を上げた。

「あの子は、東海道を上ったふりをして、吉原の遊郭《ゆうかく》に引き返していたんですかっ」

くくく、と、るいが笑い声を上げた。

「笑いごとじゃありません。吉原から便りを出すなんて、よくもまぁぬけぬけと」

「違うんだよ、お多代」

鎌次郎が遠慮がちに声を掛けた。

「お義父《と》っつぁんが口になすった吉原は、東海道の吉原宿だよ」

多代が口を半開きにした。

「駿河国に吉原というところがあるんだよ」

鎌次郎の説明に、多代は息を吐いて両肩を落とした。

「足止めと言ったが、正しく言えば富士川の川止めだな。巳之吉は、暇潰《ひまつぶ》しに、鬼火《おにび》の出るという村に行ったらしい」

「どうしてまた」

多代が口を挟んだが、儀右衛門は続けた。

鬼火は村を祟《たた》っているものの怪《け》だったと、巳之吉は便りに書いていた。

巳之吉は村人とともに鬼火退治をして大いに感謝されたという。

宿のない村で、巳之吉は百姓の家で一晩泊まった。

その百姓には年頃の娘がいて、巳之吉は二親《ふたおや》から婿《むこ》に入ってくれないかと懇願《こんがん》されたらしい。

「ええっ！」

またしても多代が声を上げた。

「巳之吉は、わたしとの約定《やくじょう》を守って東海道を行かねばならないと、婿入りは断ったそうだ」

儀右衛門の話に、多代が安堵《あんど》のため息を洩らした。

「半分は、ううん、ほとんどは眉唾《まゆつば》だわね」

るいが、さらりと言い切った。

「あにさんの悪い癖よ。どうということのない出来事を、いつも大げさに言いたがるところがあるもの。なんて言うの、苦を楽に変える術《すべ》を持ち合せているんだわ」

るいの言い分に、儀右衛門はつい唸ってしまった。

七、八年前の記憶が蘇《よみがえ》った。

遊び仲間の家を泊まり歩いて、芝居や遊興にうつつを抜かす有様を見るに見かねた儀右衛門が、多代と鎌次郎に命じて出入りの鳶《とび》の頭《かしら》に預けたことがあった。

火事場に駆けつけるほかに、町の雑用、寺社の掃除を務める鳶の仕事は、上下の礼儀作法にも厳しい。

巳之吉がその世界を知れば少しは変わると思ったのだが、当てが外れた。

芝居にも詳しく、幇間《ほうかん》の真似事もやってのける巳之吉はたちまち人気者になったのだ。

年格好の似た鳶たちが、巳之吉に課せられた仕事を進んで引き受けるのだと、頭が儀右衛門にこぼした。

「あにさんはね、毒を薬に変えることまでやってのけるのよ」

るいが言うのはもっともなことだった。

儀右衛門からも思わずため息が出た。

伊佐蔵から届いた文《ふみ》にも鬼火騒動の一件は記されていたが、巳之吉が自慢したようなこととは全く見解の違う内容だった。

そのことを、儀右衛門は言うつもりはなかった。

伊佐蔵という男の存在を、家の者は誰一人知らないのだ。

それにはいささかわけがあった。

儀右衛門が伊佐蔵と初めて会ったのは、今から十五年ばかり前だ。

上方から江戸に積荷を運んできた『渡海屋』の持ち船『波切丸』の水主頭《かこがしら》、鬼吉から、

「旦那にだけ話がある」

大神宮の境内《けいだい》に呼び出されて行くと、締め込みに半纏を羽織《はお》っただけの男を連れていた。

「この男が、いつの間にか『波切丸』に乗り込んでおりまして」

鬼吉が言った。

伊豆沖の利島《としま》で夜を明かし、江戸に向けて帆《ほ》を上げた頃から風が吹き、波が荒れた。

水主たちは船倉《せんそう》の積荷を縛ったり、帆の上げ下げに奔走《ほんそう》した。

そんなとき、見慣れない男が水主の手足となって動いていることに、鬼吉が気付いたと言った。

荒れる海で一刻半（約三時間）も翻弄《ほんろう》された『波切丸』が江戸湾に入ったところで、鬼吉が闖入者《ちんにゅうしゃ》を問い詰めると、

「島抜けでございます」

男は素直に白状したのだ。

遠島《えんとう》の刑を受けた犯罪者が島から逃げ出すことを島抜けと言った。

十八のときに八丈島に流されていた男は、三年目に手作りの船で島から漕《こ》ぎ出したと言った。

何日かかって辿り着いたかはわからないが、伊豆沖の利島に流れ着いた男は、夜の入り江に停まっていた『波切丸』に潜《もぐ》り込んだのだった。

「江戸が見えたら、船から海に飛び込んで逃げるつもりでおりました」

男は儀右衛門にそう言った。

「なんでそうしなかった」

儀右衛門が尋ねた。

「嵐の中、船乗りの皆さんが命をかけて船や積荷を守ろうとしている姿を眼にし

たのでございます。若い時分から、いっぱしの悪《わる》を気取ってのし歩いていましたが、何かあれば地獄に変わる海の上で生きる男衆《おとこし》ほどの腹が、わたしには備わっていなかったことに気付かされたのです。これまでの所業が急に恥ずかしくなってしまいました」

「この男は、船を下りたら奉行所に出向くと言いまして」

鬼吉が言い添えた。

「結構なことじゃないか」

儀右衛門が言うと、「えぇ」と、鬼吉が躊躇《ためら》った。

「嵐の中、うちの水主に混じっていろいろ働いてくれましたんで、罪人ではありますが、恩もありまして」

男の島抜けに眼を瞑《つぶ》り、『渡海屋』で身の立つようにできないかと鬼吉に持ちかけられた儀右衛門は、唸ってしまった。

罪人を匿《かくま》ったことが知れれば、『渡海屋』もただでは済まない。

儀右衛門に決意をさせたのは、男の眼だった。

いかつい顔はしていたが、眼が澄《す》んでいた。

男の名は、新八《しんぱち》といった。

「新八は、海で死んだ。これからもういっぺん生き直すんだな」

儀右衛門は、新八を鬼吉の養子に仕立て上げると、名を伊佐蔵に改めさせた。

以前の仲間の眼のある江戸ではまずいと、『渡海屋』の船番小屋のある下田に移り住ませた。

長続きするなら幸いだし、途中で逃げるならそれでも構わない覚悟だった。

だが、伊佐蔵は下田に居続け、ただの船番小屋だったところを『海龍屋』という船具屋に仕立て上げた。

伊佐蔵の腕には罪人の印の入《い》れ墨《ずみ》があったが、焼いて消した痕《あと》が残った。

儀右衛門が家の者にも口を固く閉ざしたのは、伊佐蔵の過去を隠すためでもあった。

「それじゃ、わたしは大川端に戻るよ」

儀右衛門が立ち上がると、

「今度の旅が、あにさんのためになるかどうか、疑わしいものね」

るいの呟きに、儀右衛門がふと足を止めた。

巳之吉を旅に出したのは、猛獣を野に放ったのと同じではないのか。

儀右衛門の胸が少し疼《うず》いた。

三

薩埵峠を越えた巳之吉は、浪人の加倉井源蔵と並んで興津宿に着いた。

興津川は人足渡しになっていた。

幸い川止めに遭うことはなく、巳之吉と源蔵は川を渡った。

日は大分上がっていたが、昼餉を摂《と》るには早すぎた。

「もうひとつ先まで行ってみますか」

巳之吉の申し出に、源蔵は頷いた。

興津から一里ばかりで、江尻の宿の東木戸を通り過ぎた。

東木戸から、都側の西木戸までの半里（約二キロメートル）が江尻宿の中心だという。

海に面したかなり大きな港町で、通りには大小の商家が軒《のき》を並べ、通りには活気があった。

本陣二軒と脇本陣が三軒あり、旅籠に至っては五十を超すと聞いていた。

「加倉井さん、ここなら美味《うま》い飯屋がありそうですよ」

巳之吉が、立ち止まった源蔵をふっと振り返った。

源蔵は、通りの反対側に眼を凝《こ》らしていた。

源蔵の視線を追ったが、巳之吉の眼には特段珍しいものはなかった。

「加倉井さん」

「お主とは、ここで別れよう」

巳之吉が声を掛けるとすぐ、源蔵のくぐもった声が返ってきた。

「そうですか。それじゃぁ、わたしも江尻に用もありますし」

そんな巳之吉の声も、源蔵には届いていないようだ。

お達者で、巳之吉は声を掛けると西のほうへと足を向けた。

鉤《かぎ》の手になった宿の通りを二つ曲がると、巴川《ともえがわ》に架かる稚児橋《ちごばし》があった。

巳之吉が橋の中ほどに立って見渡すと、川の両岸に旅籠や商家がひしめいていた。

川岸に付けられた幾艘《いくそう》もの小船に荷が積まれたり、揚げられたりしていた。その横を小船が行《ゆ》き交《か》っていた。

江尻は海運が盛んだと聞いてはいたが、儀右衛門の言ったことに間違いはなかった。

稚児橋を渡るとすぐ、船高札場《ふなこうさつば》があった。

廻船業『三浜屋《みはまや》』は、高札場から河口のほうへ曲がったところにあると、儀右衛門から聞いていた。

「『三浜屋』さんには行ったことはないのだが、世話になっている『渡海屋』の船頭から場所は聞いているよ」

江戸を発つ前、巳之吉は儀右衛門から所書きを渡されていた。

江戸と上方を行き来する『渡海屋』の船は、ときに江尻で荷を下ろしたり積んだりするのだという。

そんなとき、『渡海屋』の荷を差配《さはい》するのが『三浜屋』だった。

『三浜屋』は巴川の河口近くの一角に看板を掲《かか》げていた。

「わたしは、江戸、霊岸島、廻船問屋『渡海屋』の巳之吉と申します。このたび、都へ上る途上、祖父、儀右衛門の名代《みょうだい》としてご挨拶《あいさつ》に立ち寄らせていただきました。よろしくお取次願います」

『三浜屋』の土間で口上を述べると、番頭らしき男が奥へと駆け込んだ。

これくらいの口上は、巳之吉には馴れたものだった。

商家に生まれたおかげで、大人たちがどんな挨拶を交わすのかは、小さい時分から見よう見まねで身に付いていた。その上、役者や噺家《はなしか》などとの付き合いもあった。

そんな江戸暮らしを続けていた賜物《たまもの》だった。

番頭とともに奥から現れた『三浜屋』の主《あるじ》が、

「とにかくお上がりになって」

と、盛んに勧めてくれたのだが、旅を急がなければならないと、巳之吉は丁重に固辞《こじ》した。

残念そうに唸った主は、番頭に言いつけて、半紙に載せた三両を巳之吉の前に置かせた。

「せめて、路銀の足しに」

主が言った。

一度は断った巳之吉だが、

「是非にも、お受け取りを」

主に頭を下げられると、ありがたく受けた。

日はすでに中天《ちゅうてん》にあった。

『三浜屋』を出た巳之吉は、もと来た道へと戻った。

加倉井源蔵と行き会ったら、昼餉をともにしようと思った。

巳之吉が、ふっと足を止めた。

十間（約十八メートル）ばかり先にある商家の軒下《のきした》に源蔵の姿があった。

江尻に着いて間もなく、源蔵が巳之吉に別れると告げたあたりである。

源蔵の眼は、向かい側の旅籠にじっと注がれていた。

先刻、源蔵が眼を留めたときは、武家の妻女と子息らしい若者が旅籠に入る姿があっただけで、変わったことは何もなかった。

しかし、声を掛けるのが憚《はばか》られるような源蔵の様子に、巳之吉は小首を傾げて踵《きびす》を返した。

『三浜屋』へ行ったときにも渡った稚児橋に引き返し、そのまま西木戸を通り過ぎた。

追分《おいわけ》に差しかかったところで、いくつか並んでいた茶店の一軒に飛び込んだ。

握り飯と漬物を頼んだ。

「ここから府中へはどのくらいの道のりだね」

注文を聞きに来た婆ぁさんに聞くと、

「街道をそのまま行けば、三里ばかりかねぇ」

一刻半ほどの道のりだった。

「この先の追分はどこ行くんだい」

「右に行けば、久能山東照宮《くのうざんとうしょうぐう》から府中に出ますが、左は三保《みほ》の松原《まつばら》に行く道ですよ」

そう言うと、婆ぁさんは奥へ引っ込んだ。

三保の松原の噂《うわさ》は巳之吉も耳にしたことがあった。

海辺の砂浜と松の並木が延々と続き、晴れていればその先に富士山も望める絶景だと聞いていた。

近くを通りかかったからには、三保の松原を見逃す手はねぇ――『三浜屋』からもらった餞別三両に気をよくしていた。

昼餉の握り飯を食べ終えた巳之吉は、追分から左の道へと足を向けた。

松林を抜けて浜辺に出ると、穏やかな海が広がっていた。

品川から見る海も広いと思っていたが、三保の松原から眺める海はけた外れに雄大だった。

海に向かえば、視界を遮《さえぎ》る家並みも岬も島陰もない。深みのある群青色《ぐんじょういろ》の塊《かたまり》だけがあった。左右に延びる砂浜の湾曲も美しい。

「うぅん」

腕を組んだ巳之吉が感嘆の唸り声を上げた。東のほうに富士山があるのだが、見えるのは広がった裾野《すその》だけで、頂《いただき》は雲の中に隠れていた。

浜辺を散策する人が数人見受けられた。松の根元に腰を下ろして筆を走らせる老爺《ろうや》を眼にした巳之吉が、急ぎ矢立《やたて》を取り出した。

『俳句のひとつも捻り出して、うちの爺さんに送りつけてやろうじゃねぇか』

腹の中でほくそ笑むと、紙を広げた。役者や噺家の仲間と遊び半分の発句《ほっく》の会を開いたことのある巳之吉は、俳句にいささか自信があった。

『夏近し』――五、七、五の上五《かみご》をさらりと書き付けた。ところが中七《なかしち》がなかなか出てこない。

四半刻の半分くらい苦吟《くぎん》したのだが、結局、首だけを捻って一句も捻り出せなかった。

旅籠から一歩外に出ると、夜の闇に包まれていた。

闇の中に、遠く近く明かりが見えるのは、旅籠と飯屋、居酒屋のものだった。

夕刻、浜辺を引き揚げた巳之吉は、三保の松原に点在する旅籠の一軒に投宿《とうしゅく》していた。

風呂から上がった巳之吉は旅籠の夕餉を断って、明るいうちに目星をつけていた居酒屋を目指した。

街道から外れたこの一帯の旅籠に急ぎ旅の客はほとんどなく、多くは久能山の東照宮や三保の松原を巡る物見遊山の連中だった。

巳之吉は、旅籠から半町（約五十五メートル）ばかり先の居酒屋の戸を開けた。

「おいでなさい」

客の席に料理を置いた五十女が巳之吉に声を掛けた。

巳之吉が見回すと、客の多くは旅の連中で、中には『伊勢講《いせこう》』と書かれた法被《はっぴ》を着ている四人連れもいた。

「すいません、お隣へ」

巳之吉を奥のほうに案内した五十女が、一人箸《はし》を動かしている男に声を掛けた。

「あぁ」

顔を上げた男に見覚えがあった。

小田原で船に閉じ込められた巳之吉を救い出し、吉原では鬼火の村にも現れた
顔の角ばった男だった。

「へへへ、どうも。よくお会いしますねぇ」

巳之吉が男と隣り合って腰掛けると、五十女に酒と食べ物を注文した。

「こちらに盃《さかずき》を」

男が気を利かせると、五十女が巳之吉の前に盃を置いた。

「兄さんの酒が来るまで、どうです」

男が徳利《とっくり》を摘まんだ。

「悪いね」

巳之吉が差し出した盃に、男が注いでくれた。

一口で飲んだ巳之吉が、

「あんたには何かと世話になったから、ここはわたしに持たせてもらいますよ」

「そんな気遣《きづか》いは無用に願います」

男は丁重な断りを返した。

「いや、そうしてもらわないと、こっちの気が晴れないんだよ。いいね」

男はただ、微《かす》かに苦笑いを浮かべた。

巳之吉の席に料理が二品ばかり運ばれた頃、客の半分が店を出ていった。

「おいでなさい」

五十女が入口に向かって声を上げると、巳之吉と男の床几《しょうぎ》の横に人影が立った。

見上げると、箱根の関所からたびたび見かけていた人探しの女だった。

「伊佐蔵さん、奇遇だねぇ」

笑みを浮かべた女が、伊佐蔵と呼んだ男に向かって声を掛けた。

「あれ。もしかして、あんたが探してたのはこちらさんで？」

「なんのことだい。わたしは何も探してなんかいませんよ」

巳之吉を睨《にら》んで、女が口を尖らせた。

「いや、けど、あんたが口にしてた男の人相風体《にんそうふうてい》が、こちらの伊佐蔵さんによく似てますよ」

「ちょっとどいて」

女の尻に押しやられて、巳之吉は座を空けた。

「誰なのさ、この男は」

巳之吉を指して、女が伊佐蔵に顔を突き出した。

「巳之吉ってもんです。で、姐《ねえ》さんは」

「どうしてあんたに名乗らなきゃならないんだい」

「ならないってことはねぇんだが」

口を尖らせて、巳之吉は自分の盃に注いだ。

「お鹿《しか》さんは、なんでまたこちらに」

伊佐蔵が静かに口を開いた。

お鹿というのが女の名だった。

「お店にも顔を出さなくなったし、下田で伊佐蔵さんの姿を見かけなくなったから、『海龍屋』の又平さんに聞いたんですよ。そしたら、誰かの言いつけで旅に出たって言うじゃないか」

お鹿が一気にまくし立てた。

行き先はどこかと聞いても、又平という男は知らないと返事したらしい。

ただ、伊佐蔵が東海道を西に向かったということだけは知った。

「何年も酒呑《さけの》みの相手をして何かと疲れてましたからね。人が旅に出たと聞くと、なんだかわたしまで旅に出てみたくなったんですよ」

伊佐蔵を見たお鹿が、はぁと息を吐いた。

「あぁ、それで伊佐蔵さんを探しながら追ってきたと」

巳之吉が口にすると、

「うるさいねあんたはっ」

お鹿の怒鳴《どな》り声が巳之吉の耳元で炸裂《さくれつ》した。

四

翌日は、朝から雲行きが怪しかった。

三保の松原をあとにした巳之吉は、府中に向かう途中、久能山東照宮に立ち寄った。

久能山東照宮には、江戸幕府を開いた徳川家康《とくがわいえやす》が祀《まつ》られている。

格別徳川家に恩義はないが、江戸の水で育った者とすれば、挨拶なしで通り過ぎるのも憚られた。

巳之吉が府中宿の東の外れに差しかかったとき、とうとう雨が落ちてきた。行く手の向こうに聳《そび》える駿府城《すんぷじょう》が霞《かす》んでいた。

巳之吉は足を速めた。

今日のうちに安倍川《あべかわ》を越して、せめて丸子《まりこ》、上手《うま》くいけば岡部《おかべ》まで足を延ばしたかった。

大粒の雨は降り続き、東見附《ひがしみつけ》を過ぎたところで巳之吉は商家の軒下に飛び込んだ。

「あぁあ」

久能山に行ったことが悔やまれた。

空を見上げたとき、近くの小路から飛び出した侍が五人、巳之吉の前を駆け抜けた。

傘《かさ》も差さず、腰の刀に手を掛けた侍たちが、傘を差して城のほうからやってきた男を取り囲んで刀を抜いた。

傘に隠れて顔は見えないが、袴を着けた腰に大刀《だいとう》を差していた。

「道場ではやむなく木刀での立ち合いとなって、後《おく》れをとった」

「負けたままでは道場の名に関わる。今一度、真剣でお相手いたす」

取り囲んだ侍たちから怒声《どせい》が上がった。

「タアーッ」

侍の一人が傘の男に斬り込んだ。

傘を天に向かって突き放した男が、腰を落として刀を抜くや一気に横に薙《な》ぐと、米俵を裂くような音がして、斬り込んだ侍がどどっと泥道に倒れた。

一瞬の出来事だった。

傘の男は、紛《まぎ》れもなく加倉井源蔵だった。

侍が二人、続けざまに源蔵に襲いかかった。

源蔵の剛剣が一人の侍の肩口に振り下ろされ、もう一人の侍の喉元《のどもと》に切っ先を向けて動きを封じた。

怯《ひる》んだ三人の侍は、路上に倒れた二人を見捨てて雨の中を走り去った。

源蔵が刀を鞘《さや》に納めたとき、

「ご城下での斬り合いなどもってのほか」

捕り手二人と駆けつけた役人が源蔵の前に立った。

「それがし、武芸の旅の途中、ご城下、早瀬《はやせ》道場にて立ち合いを願い出た者にございます」

源蔵が臆することなく役人に述べた。

早瀬道場で三人の門人を打ち倒し、師範との立ち合いを望んだが、あいにく留守との返事だった。

それで道場をあとにしたのだが、ほどなく追手がかかった。

「相手は五人、刃《やいば》を向けられて、致し方なくお相手つかまつった」

源蔵が役人に頭《こうべ》を垂れた。

「そのお侍の言う通りだ」

軒下を出た巳之吉が役人に叫んだ。

すると、様子を見ていた野次馬から、

「立ち合いに負けた腹いせに、五人がかりとは卑怯だ」

「そうだ」

源蔵を襲撃した道場の連中を非難する声が方々から飛び交った。

「それがし、加倉井源蔵と申す。ご不審などあれば、この先の旅籠、『小野屋《おのや》』に投宿しておりますれば、よしなに」

源蔵の態度は終始、神妙だった。

役人が源蔵を咎《とが》めることはなく、倒れたままの死体の始末を捕り手に言いつけた。

巳之吉はこの日、府中に泊まることにした。

源蔵と同じ『小野屋』にしたかったのだが、あいにく空きがなく、通りを挟んだ向かいの旅籠に投宿することにした。

「向かいの『小野屋』さんには、凄腕《すごうで》の浪人がお泊まりだそうですよ」

宿帳を持ってきた下女が、巳之吉にそう言った。

逆恨みを向けて襲撃した道場の門人を返り討ちにした源蔵のことは、町の噂になっていた。

堂々と名を名乗り、泊まっている旅籠の名まで役人に告げた源蔵の振る舞いは、大いに称賛されていた。

「あの浪人は、わたしの知り合いでね」

巳之吉が下女にさりげなく自慢をした。

「どうです。町の料理屋に繰り出すというのは」

夕刻、巳之吉が『小野屋』に出向いて誘ったのだが、源蔵は外には出たくないと断られた。

仕方なく旅籠に引き返して夕餉を摂ったあと、巳之吉は改めて『小野屋』の源蔵の部屋を訪ねた。

「いやぁ、加倉井さんの腕前はなんとも見事でしたねぇ」

巳之吉は、源蔵を前に感心しきりだった。

だが、当の源蔵の顔は晴れず、盃の酒をちびりと口にした。

「ささ」

巳之吉が酒を勧めると、源蔵は遠慮気味に盃を出した。

源蔵は酒を自制しているようで、巳之吉が勧めなければ、自ら注ごうとはしなかった。

「わたしゃ江戸で、ならず者同士の喧嘩《けんか》は見たことはありますが、今日の加倉井さんとは凄味《すごみ》が違ったたね。強いの一言じゃ片付けられないものがありました」

「剣ができるばかりに、人の恨みを買うこともあるのだ」

源蔵が、ぽつりと口にした。

「ま、剣に限らず、生きていれば多かれ少なかれ、人の恨みを買うもんですよ。世間たぁそういうもんです」

「お主も恨みを買った覚えがあるのか」

「あります」

巳之吉が大きく頷いた。

「かれこれ十年前になりますが、よんどころない事情で、決闘をすることになりまして、えぇ。わたしがちょうど、十五の時分でしたがね」

巳之吉が声をひそめた。

源蔵が、ほう、という顔で巳之吉を見た。

巳之吉が住む霊岸島、南新堀町や浜町界隈《かいわい》の若者と、北新堀町の若者の間には長年に亘《わた》る睨み合いが続いていた。

それが何に起因しているのか誰も知らなかったが、奉行所に南と北があるように、霊岸島の若い男たちにも南と北の対立があった。

些細《ささい》なことで喧嘩をし、やられたらやり返すという抗争にまで発展した。

その抗争にけりをつけるべく、南側の旗頭《はたがしら》、巳之吉と、北側の旗頭、為三郎が顔を合わせ、「雌雄《しゆう》を決しようじゃないか」と話がまとまった。

南北を分ける堀に架かる湊橋が決闘の場に選ばれた。

決闘の刻限《こくげん》となった暁《あかつき》の七つ（四時頃）、巳之吉、岩松、丑寅ら南の若者たち五人と、北新堀町の油屋の三男、為三郎率《ひき》いる北の若者たち六人が、湊橋の真ん中で対峙《たいじ》した。

巳之吉と為三郎の話し合いで、素手で闘う取り決めができていた。

鐘を合図に激突した両者の闘いは凄《すさ》まじいものだった。

怒号《どごう》が飛び交い、殴られたり蹴られたりして悲鳴も飛んだ。

橋の上から堀に落ちる者も続出した。

一進一退の様相を呈した闘いは半刻も続き、闘い疲れた全員が橋の上に伸びた。

「今後、南北のいがみ合いはやめよう」

そう言い出したのが誰だったか、巳之吉に確たる覚えはなかった。

橋の上で息も絶《た》え絶《だ》えに伸びた巳之吉と為三郎の口から、図らずも出たような気もする。

ともあれ、対立する南北の終結宣言だった。

それから十年の月日が経っても、『湊橋の決闘』の記憶が鮮《あざ》やかに蘇る。

巳之吉にとっては誇《ほこ》りであり、若き日の輝きそのものだった。

源蔵は巳之吉の話を黙って聞いていたが、

「そろそろ横になりたい」

遠慮気味に呟いた。

「へい。承知しました。いつまたお目にかかれるか知れませんが、道中お達者で」

軽く頭を下げた巳之吉が、腰を上げた。


昨日の雨は昨夜のうちにすっかり止《や》んでいた。

身支度を整えた巳之吉が旅籠の土間で草鞋《わらじ》を結んでいると、日の出前の往還《おうかん》を行き交う人馬の足が見えた。

「世話になったね」

草鞋を結んだ巳之吉が腰を上げた。

「道中お気をつけて」

下女の声に送られて、巳之吉が表へと足を踏み出した。

何気なく向かいの『小野屋』に眼を遣《や》ると、靄《もや》のかかった通りに源蔵らしい影が出てきた。

巳之吉が声を掛けようとして、やめた。

『小野屋』の軒下に佇んでいた武家の妻女と思える女と、十三、四ばかりの若侍が襷《たすき》を掛けながら源蔵の前に躍《おど》り出た。

足を止めた源蔵が、何も言わず、じっと二人を見つめた。

妻女と若侍は、昨日、江尻の宿で旅籠に入っていった二人だった。

若侍が自分の刀の柄《つか》に手を掛けると、源蔵が何ごとか口を開いた。

若侍は、妻女から声を掛けられると、刀から仕方なく手を放した。

源蔵がゆっくりと二人の先に立つと、妻女と若侍が続いた。

巳之吉の足が、つられるように源蔵たちの行くほうへと向いた。

足音を忍ばせて源蔵たちの後ろをつけてきた巳之吉が足を止めたのは、宿場の往還から一町（約百九メートル）ばかり外れた林だった。

「加倉井源蔵殿。一子新之助《しんのすけ》ともども、夫、稲垣新五郎《いながきしんごろう》の仇《かたき》を討たんものと参上しました」

妻女が、源蔵に向かってよどみのない口上を述べた。

旅やつれをしているが、妻女は三十半ばのようだ。

「加倉井源蔵。お立ち合いなされ」

若侍が刀の柄に手を置いた。

「新之助殿は、いくつになられた」

落ち着いた静かな源蔵の声だった。

「当年、十三に相なる」

睨みつけたまま、若侍が返答した。

「織江《おりえ》殿は、三年も、わたしをお探しでしたか」

木陰に身をひそめていた巳之吉の耳に、絞《しぼ》り出すような源蔵の声が届いた。

織江と呼ばれた妻女が懐剣《かいけん》を引き抜くと、同時に新之助が刀を抜いて切っ先を源蔵に向けた。

源蔵もゆっくりと刀を抜いた。

「たぁっ！」

気合いとともに打ち込んだ新之助の刀を、源蔵は緩慢《かんまん》な動きで払いのけた。

たたらを踏んで堪《こら》えた新之助に刀を振り上げたとき、がら空きになった源蔵の腹に織江が身体ごとぶつかった。

仁王立ちになって固まった源蔵から、織江が驚いたように身を離した。

織江の手に、源蔵の腹を突き刺した懐剣が握られていた。

ふらりとよろけた源蔵の色あせた袴が、流れ落ちる赤にみるみる染まっていった。

「見事で、ござった」

かすれるような声を発した源蔵が、枯れ草の上にくずおれた。

「なんでだ」

巳之吉の口から呟きが洩れた。

倒れた源蔵の傍に片膝を突いた新之助が刀を身構えた。

「新之助っ」

織江の鋭い声だった。

「とどめを」

「よい」

「しかし」

「そう長くはあるまい。仇討《あだう》ちは成就《じょうじゅ》したも同じです」

織江の凜《りん》とした声に、立ち上がった新之助が刀を納めた。

「参ります」

声を発した織江が、宿場のほうへと歩き出した。

新之助がそのあとに続いた。

いつの間にか靄が晴れていた。

巳之吉が、仰向《あおむ》けに倒れたままの源蔵に恐る恐る近づいた。

源蔵の眼は虚《うつ》ろに細く開いて、半開きの口からゼェゼェと息が洩れていた。

「加倉井さん、なんなんだよぉこのざまはぁ！」

巳之吉が声を張り上げたが、源蔵の口からは、か細い息だけが洩れた。

五

薪《たきぎ》や干した藁《わら》の匂いの立ちこめる薪小屋に竹格子《たけごうし》の窓から差し込む光が満ちていた。

巳之吉は薪の束の上に腰掛け、土間の筵《むしろ》に横たわった源蔵を見つめていた。

源蔵を林の中に置いておくには忍びなく、巳之吉が駆けまわって近隣の男たちの手を借りて近くの百姓家の薪小屋に運び入れた。

源蔵を戸板で運んでくれた男たちにも百姓家にも、お礼の金を渡した。

小屋に運んでから半刻ばかり経つが、源蔵の息は次第に細くなっていた。

「こちらです」

外で声がして、この家の百姓が羽織《はおり》を着た侍とともに入ってきた。

「お役人です」

百姓が巳之吉に声を掛けた。

「仇討ちを果たしたという母子が奉行所に申し出たゆえ、確かめに参った」

役人は、源蔵が運ばれた先を近隣の者から聞いてきたようだ。

役人の眼が源蔵に向けられた。

「そのほう、上州安中《あんなか》藩、板倉《いたくら》家の元徒組《かちぐみ》、加倉井源蔵に相違《そうい》ないか」

眼は天井を見たまま、源蔵が顎《あご》を微かに引いた。

「徒組組頭《くみがしら》、稲垣新五郎を口論の末に斬り殺し、脱藩に及んだことに相違ないな」

役人の声には感情のひとかけらもなかった。

源蔵が、またしても微かに顎を引いた。

「わかった」

そう言うと、役人はさっさと引き揚げていった。

百姓が、気遣わしげな眼を源蔵に向けて小屋を出た。

「巳之吉、ここにいるのか」

源蔵のか細い声がした。

「おりますよ」

「もう、何も見えん」

巳之吉は源蔵の傍に膝を揃《そろ》えて座った。

「上州が、どういうところかと、聞いたな」

「えぇ」

巳之吉が頷いた。

「生まれたところは、信州《しんしゅう》との国境《くにざかい》が近い。若い時分、遠足《とおあし》と称して、よく峠を目指した。夏は川で泳ぎ、秋は木の実を、──栗《くり》、胡桃《くるみ》、葡萄《ぶどう》」

「楽しそうじゃねぇか」

巳之吉が陽気な声を掛けた。

「楽しかった」

そう言って、源蔵がふうと息を吐いた。

「あの光景を、今一度──」

言いかけた源蔵の眼が、力なく閉じた。

巳之吉が、恐る恐る手を伸ばして源蔵の口元にかざした。

源蔵に息はなかった。

項垂れた巳之吉から大きな吐息が洩れた。

小屋の戸が静かに開いて、外の光が満ちた。

外の光を背にした人影が腰を下ろすと、伊佐蔵だった。

「仇討ちの顚末《てんまつ》を申し出るという母子を、奉行所に案内する羽目になりましてね」

「たった今、息を」

巳之吉が、眼で源蔵を指した。

伊佐蔵は慌てることもなく、懐から出した手拭《てぬぐい》を源蔵の顔に被《かぶ》せた。

「巳之吉さんは、このご浪人とは」

伊佐蔵に聞かれた巳之吉は、西倉沢の賭場で初めて会ってからのことを口にした。

「わたしゃ、腑《ふ》に落ちねぇんだ」

巳之吉が、絞り出すような声を出した。

「剣術道場の奴らに囲まれたときの加倉井さんの抜き打ちなんか、神業《かみわざ》だったよ。なのによぉ、や、や、やっとうの腕も覚束《おぼつか》ないあんな親子に、やすやすとやられるはずがねぇんだよ。おかしいよ」

胸に溜《た》まっていたことを、巳之吉が一気に吐き出した。

「奉行所からの帰り、仇討ちを果たしたご妻女と話をする折がありましてね」

伊佐蔵が穏やかに口を開いた。

旅籠に戻った新之助が風呂に入っている間、伊佐蔵は旅支度をする織江と二人だけになった。

「府中で仇に巡り会うとは思いもよりませんでした」

織江は伊佐蔵にそう言ったという。

昨日府中に着いた織江と新之助が宿を取ると、下女の口から道場破りの話が出た。

負けた道場の門人たちが道場破りの浪人を斬りに襲撃したのだが、一人は返り討ちに遭って死に、もう一人が深傷《ふかで》を負ったことも耳にした。

町の者たちの非難は倒れた仲間を見捨てて逃げた道場の門人に向けられ、神妙に名を名乗り、投宿先まで口にした浪人を称賛していた。

「ご妻女は、そこで浪人の名と投宿先を知ったそうです」

伊佐蔵が口にしたとき、

「あ」

巳之吉が言葉にならない声を上げた。

薩埵峠から道中をともにした源蔵の様子に変化があったのは、江尻宿だった。

「お主とは、ここで別れよう」

巳之吉はいきなり源蔵からそう切り出された。

思い返せば、旅籠に入る織江と新之助の姿を眼にしたあとのことだった。

「巳之吉さんの話を聞いておりますと、このご浪人はあえて、仇討ちの親子に自分の居場所を知らせたような気がしますねぇ」

伊佐蔵が源蔵の亡骸《なきがら》に眼を向けた。

「仇を討ちに来た者になんでわざわざ」

口を尖らせた巳之吉が、伊佐蔵に突っかかった。

「母子に討たれるためにですよ」

伊佐蔵が呟くように言った。

「なにおっ」

巳之吉の声が頭のてっぺんから出た。

「このご浪人とご妻女は、もともと許嫁《いいなずけ》の間柄だったそうです」

伊佐蔵が、源蔵に眼を向けたまま口にした。

十五年も前のことだった。

巳之吉は口をぽかんと開けたまま、声もなかった。

源蔵との祝言《しゅうげん》の日取りも決まっていたのだが、突然破談となって、織江は父親に命じられるまま徒組組頭、稲垣新五郎に嫁《とつ》ぐことになったという。

源蔵は、皮肉なことに織江の夫の配下になった。

一年ばかり、源蔵と稲垣新五郎の間には何ごともなく過ぎた。

ところが、国許《くにもと》に帰参中の藩主の御前試合を境に、源蔵に対する稲垣新五郎の様子が刺々《とげとげ》しくなった。

源蔵が御前試合の最後に闘って勝った相手が稲垣家の親戚筋の男だったことが、新五郎の内面にさざ波を立てたようだ。

許嫁だった織江を奪い取った稲垣家に対し、源蔵は御前試合で意趣返《いしゅがえ》しをしたのではないか。

藩で一番の遣《つか》い手となった源蔵に徒組組頭の役が回るのではないか、新五郎は疑心暗鬼に陥《おちい》り、一、二度、役目に齟齬《そご》を来《きた》した。

「そのほう、加倉井に心を残したままわしに嫁いだのであろう」

新五郎の鬱憤《うつぷん》が織江にも向けられるようになったという。

さらに、新五郎が人前で源蔵を叱責《しっせき》しているという話が織江の耳にも届いていた。

そして三年前、織江を奇禍《きか》が襲った。

加倉井源蔵が、口論の末に新五郎を惨殺《ざんさつ》した上に逃亡したのだ。

国境にはすぐに警備の者が配されたが、捕えることはできず、源蔵は脱藩したものと見られた。

夫と父の仇を討つべし――稲垣家はじめ親戚筋から声が上がり、織江と新之助は三年前に仇討ちの旅に出た。

「ご浪人はおそらく、母子の旅姿を眼にして、仇討ちの旅を続けているのだと知ったんですよ」

労《いたわ》るような伊佐蔵の声だった。

「けど、なんで討たれなきゃならないんだ。姿をくらませて逃げればよかったじゃねぇか」

巳之吉が、源蔵の亡骸に問いかけた。

「ご浪人は、あの母子の旅を終わらせてやろうとなすったんじゃありませんかねぇ」

呟くように言った伊佐蔵に、巳之吉が眼を向けた。

武家の仇討ちは、本懐《ほんかい》を遂《と》げるまで国に戻ることを許されないのだと伊佐蔵が言った。

「国を出て三年ですからねぇ。物見遊山と違って、仇を探す旅というもんは、女子供には苛酷《かこく》です。そのことを、ご浪人は身に沁《し》みてわかっていたから、おそらく」

伊佐蔵の言う通りなら、源蔵は未《いま》だに織江に変わらぬ思いを抱いていたのかもしれない。

それは織江にしても同じではなかったのか。

巳之吉は、今朝の仇討ちの場で眼にしたことを思い出していた。

「伊佐蔵さん、実はね。倒れた加倉井さんにとどめを刺そうとした倅《せがれ》を、母親が止めたんだよ」

織江の鋭い声が、巳之吉の耳に残っていた。

「あれは、仇を討たなければという思いと、加倉井さんを死なせたくねぇという思いが入り混じって、倅を止めたんじゃねぇのかねぇ」

「巳之吉さんの仰《おつしや》る通りだと思います」

伊佐蔵が、巳之吉を見て小さく頷いた。

巳之吉が、何も言わない源蔵の亡骸に眼を向けた。

「加倉井さん、死ぬ前にもういっぺん国に帰りたいようなことを口にしてたが」

「可哀相ですが、この地で弔いを出すよりほかはありません」

伊佐蔵はさらに、弔いの手筈《てはず》は自分がつけると言った。

巳之吉が、腰の道中脇差《どうちゆうわきざし》を引き抜いた。

「巳之吉さん」

伊佐蔵が、訝《いぶか》しそうな声を上げた。

巳之吉は源蔵の近くに動いて膝を立てると、顔に掛けられた手拭を取った。

頭の重みに潰れていた髷《まげ》を引っ張り出すと、巳之吉がその根元から脇差で切り落とした。

「せめて、髪だけでも国に帰らせてやるよ」

源蔵の顔に呟くと、巳之吉は脇差を納めた。

「ですが、国許には身内はいないようですよ」

伊佐蔵が織江から聞いた話によれば、源蔵の二親は十年以上も前に相次いで死に、親戚たちは加倉井家と絶縁していた。

「ご新造《しんぞう》さんは」

問いかけた巳之吉に、伊佐蔵がかぶりを振った。

織江と破談になったあと、源蔵は周りから勧められた縁談をことごとく断り、独り身を通していた。

「ばかやろう」

口にして、巳之吉が源蔵の死に顔を見た。

「好いた女なら、破談だろうが何だろうが、掠《かす》め取って逃げりゃよかったんだよぉ」

巳之吉の声が震えていた。

日が大分西に傾いていた。

八つ（二時頃）の鐘を聞いてから半刻ばかりが経っていた。

加倉井源蔵の亡骸は、百姓家からほど近い寺にある墓地の片隅に葬られて無縁《むえん》仏《ぼとけ》となった。

伊佐蔵が奔走して、やっとのことで源蔵を受け入れる真宗《しんしゅう》の寺が見つかった。

源蔵が眠る盛り土に、巳之吉と伊佐蔵が小石をひとつずつ置いた。

「巳之吉さんは、ご浪人の髪を上州に持っていくつもりですか」

「そうしてやりてぇが、いつのことになるか知れやしない。道中にはいろんなお国の人が通るから、上州に帰るという人に会えたら持っていってもらうことにするよ」

「なるほど」

伊佐蔵が呟くと、

「巳之吉さんはもうお発ちなさい。次の丸子なら日のあるうちに着けますよ」

「そいじゃ、お言葉に甘えるよ」

一度、盛り土に眼を遣った巳之吉が、吹っ切るようにその場をあとにした。

寺の山門を潜《くぐ》って野道を急いだ。

道をいくつか曲がりながら一町ばかり歩くと、宿場を貫《つらぬ》く東海道に出た。

巳之吉は迷わず西へと曲がった。

源蔵が泊まっていた旅籠、『小野屋』を通り過ぎたところで、巳之吉の足が止まった。

真っ正面から西日を受けていた巳之吉は、やってくる二人が何者か、影になって判然としなかった。

間近になって、その二人が織江と新之助だとわかった。

本懐を遂げた母子の足は東に向かっていたが、晴れやかな顔ではなかった。

「もし」

巳之吉から思わず声が出た。

織江と新之助が、巳之吉の横で足を止めた。

「お二人は、これからどちらへ？」

努めて陽気な口ぶりで聞くと、織江と新之助の顔に警戒するような色が浮かんだ。

「いやね。今朝がた、宿場の外れで仇討ちがありまして、息も絶え絶えになって倒れてる浪人の傍を通りかかったんですよ」

新之助が、織江をちらと窺《うかが》った。

「倒れてる浪人に近づいたら、虫の息で言うんです。髪を切って、国に埋めてくれとね」

織江の眼が見開いて、巳之吉に張り付いた。

「そう言ってすぐ浪人は死んだんですが、遺言《ゆいごん》を無下《むげ》にするわけにもいかないから、髪は切りました」

巳之吉が、半紙に包んだ源蔵の遺髪《いはつ》を出した。

織江と新之助の眼が遺髪に注がれた。

「浪人は、国は上州だと言ってましたが、わたしゃこれから西に行く途中で、これから引き返せるわけもございません。それで、もし上州に行く人がいればと、こうして街道を東に向かう旅の人に声を掛けた次第でして」

織江と新之助はただ押し黙った。

「どうやら、行き先が違うようだね」

「いえ。上州へ戻る途中です」

織江の声が凛と響いた。

「この髪をあなた様にお預けしてもよろしいので」

巳之吉が織江を見た。

「それは」

新之助が口を挟みかけると、

「いいえ。お預かりします」

巳之吉の手の遺髪を見たまま織江が言い切った。

「母上っ」

「新之助。たとえ仇持ちであろうが、亡くなったからにはもはや仏ではないか」

母の言葉に、新之助は黙った。

「ご新造にそう言っていただいて、大助かりですよ。ではこれを」

巳之吉が遺髪を差し出すと、織江の手が伸びて、両手で受け取った。

「浪人は、国が上州というだけで、在がどことは言っておりませんでしたが、ま、どこか景色のいいところに埋めてくださりゃ、仏も喜ぶと思いますよ」

巳之吉の言葉に、織江が微かに頷いた。

「それじゃお二人さん、道中お気をつけて」

にこりと手を挙げて、巳之吉は佇んだままの二人に背を向けた。

十間ばかり進んで、巳之吉が振り向くと、歩き去る母子の背中があった。

織江は源蔵の遺髪を抱えて、どんな思いで国へと向かっているのだろう。

許嫁だった織江なら、加倉井家の菩提寺《ぼだいじ》を知っているはずだった。

源蔵の遺髪はおそらく、親の墓の近くに埋められるような気がした。

第四話　物乞《ものご》い若旦那

一

駿河国を流れる安倍川は朝日を浴びていた。

日が昇って一刻（約二時間）ばかりが経《た》った、六《む》つ半（七時頃）頃である。

府中側から川越し人足《にんそく》の肩に跨《また》がった巳之吉は、東へと向かう旅人とすれ違うたびに軽く会釈《えしゃく》を交《か》わした。

「どちらから」

「大坂《おおさか》ですよ」

すれ違う短い間に声を掛け合ったりもした。

巳之吉は昨日の夕刻府中を出て、日のあるうちに川越しをするつもりだった。

ところが、川越しの順番を待つ人が思いのほか多く、昨夜は渡し場に近い旅籠《はたご》に泊まった。

「しかしなんだねぇ、天下の東海道の川に橋が架かってねぇというのが解《げ》せないねぇ」

人足の肩に跨がった巳之吉があたりを見回した。

「西国の外様《とざま》大名が江戸に攻め込まないように、橋を架けなかったらしいよ」

「こんな世に、戦《いくさ》を起こすとも思えないがねぇ。そろそろ架けてもよさそうなもんじゃゃねぇか」

「そうなったら、こっちのお飯《まんま》の食い上げだ」

不機嫌に言い返した人足の足が、流れを切り裂いて川を進んだ。

「おれの家は江戸の霊岸島ってとこだが、大川も海も近くて風情《ふぜい》というものがあるんだよ」

巳之吉の声に人足からは返事がなかった。

霊岸島界隈《かいわい》は縦横《じゆうおう》に堀が走り、巳之吉はことに日暮れ時からの水辺を気に入っていた。

大川や堀の水面《みなも》で西日の色が消えていく頃、どこからともなく三味線《しやみせん》が聞こえはじめる。すっかり日が落ちると、川岸に建ち並ぶ料理屋や旅籠の明かりが水面を照らした。

夜も更《ふ》けて、堀端の柳がさやさやと揺れると、小路を流す新内《しんない》のけだるい三味線の音が暗がりの向こうから聞こえてくるのだ。

「田舎《いなか》の川はただでかいだけで、風情というものに欠けますな」

巳之吉の口を衝《つ》いて出た。

巳之吉の祖父、儀右衛門の隠居所がある大川端町からは、大川が望めた。逢引《あいびき》のための屋根船が岸辺に止まると、簾《すだれ》が下りて、二つの影がひとつになる光景を何度も目にしたものだ。

「ちきしょうめっ」

人足の肩で巳之吉が思わず口にした。

「そんなに江戸がいいなら、泳いで帰りやがれ」

喚《わめ》いた人足が、上体を前に倒した。

「あぁあぁあぁ！」

前のめりになった巳之吉の身体が、川の流れの中に落ちた。

江戸の大川端町一帯は薄曇りだった。

雲が空を覆《おお》っていたが、ときどき、日の光が薄雲を透《す》かしていた。

隠居所の縁に腰掛けてのんびりと煙草《たばこ》を吹かしていると、風に流された桜の花びらの一片が儀右衛門の袖口《そでぐち》に落ちた。

「あら、おいでなさいまし」

外から、女の野太い声が届いた。

朝夕、儀右衛門のもとに通う女中のお辰《たつ》が、たった今隠居所から引き揚げたばかりだった。

「ご隠居さんなら、おいでですよ」

「ご苦労さま」

るいの声がした。

儀右衛門が、ぽんと煙草盆に灰を落とした。

「到来物《とうらいもの》のお菓子を持ってきたわ」

部屋に入るなり、手にした包みを軽く持ち上げた。

「茶を淹《い》れておくれ」

「はい」

るいは、長火鉢《ながひばち》の鉄瓶《てつびん》の蓋《ふた》を取って湯量を見ると、茶の支度にかかった。

「おじいちゃん、柳橋のお藤さんは変わりないの」

るいは儀右衛門の情婦の存在も知っていて、母親の多代に内証《ないしょ》で柳橋のお藤の家を何度も訪れていた。

「つい三日前も、お藤と桜を見に行ったばかりだよ」

「へえ、どこへ？」

「飛鳥山《あすかやま》さ」

「じゃあ、『扇屋《おうぎや》』さんで美味《おい》しい物食べたわね」

図星だった。

るいの口から出た王子《おうじ》の料理屋を儀右衛門は気に入っていた。

「ちわっ。ご隠居はおいでですか」

縁に茶を運んできて、るいがお菓子の包みを開くとすぐ表口の外のほうから声がした。

「あの声は岩松だな」

「庭に回ってもらうわね」

るいが表口へと立った。

儀右衛門が茶を一口啜《すす》ると、

「丑寅さんや右女助さんも一緒だった」

表口から戻ったるいが縁に立つとすぐ、丑寅、岩松、女形の市村右女助が庭に現れた。

「ご隠居さん、いきなりすいません」

岩松が頭を下げると、ほかの二人も殊勝《しゅしょう》に倣《なら》った。

るいが、長火鉢に戻って茶を淹れはじめた。

「雁首揃《がんくびそろ》えて、何ごとだい」

儀右衛門が三人に眼を向けた。

「旅に出た巳之吉がどうなのか、みんな心配してるもんだから、ここはひとつご隠居から話を聞こうということになって」

岩松の口上に、丑寅と右女助が相槌《あいづち》を打った。

「それに、巳之吉がいねぇと、なんだか張り合いもなくってね」

ため息交《ま》じりに丑寅が嘆《なげ》いた。

「巳之吉さんがいないばかりか、下《した》っ端《ぱ》のわたしにはなかなか芝居の口がかからなくて」

右女助も萎《しお》れていた。

昨年の十月に火事で焼失《しょうしつ》した中村座と市村座は、この三月、浅草聖天町に移転させられていた。

新しい場所での興行はまだ落ち着かず、右女助には役らしい役が回ってこないようだ。

「巳之さんさえいてくれれば、二人組んで声色屋《こわいろや》で稼ぐこともできるんだけどね」

右女助がため息を洩《も》らした。

巳之吉が右女助や遊び仲間と組んで、夜の花街《かがい》を流していたことは耳にしていた。

一人が拍子木《ひょうしぎ》、もう一人が銅鑼《どら》を持って着流しで歩き、役者の声色を披露《ひろう》して金をいただくという、遊び人の道楽のような商売だった。

料理屋の二階の賑やかな座敷を見つけると、チョンチョンと拍子木を打ち、相方がボーン、ボーンと銅鑼を鳴らす。

「こんばんは、えぇお二階さん、声色はいかがすか。ご贔屓《ひいき》、お役者ございましたらご披露させていただきます」

儀右衛門が客として料理屋に上がったとき、道に立った声色屋からよくそんな声が掛かったものだ。

「ご隠居、巳之吉は無事なんですかね。いえね、道中にゃ追《お》い剝《は》ぎや物盗りが鵜《う》の目鷹《たか》の目、獲物を狙ってると聞くし、崖崩《がけくず》れに遭《あ》うとか病《やまい》に罹《かか》るってこともありますから」

岩松の問いかけに、丑寅と右女助が頷《うなず》いた。

「今のところ、巳之吉からそういった便りは来てないよ」

「心配ありませんよ」

若い者三人に茶を運んできたるいが、笑みを浮かべて言い切った。

「るいちゃん、どうしてそうはっきり言えるんだよ」

丑寅が口を尖《とが》らせた。

「悪運が強いのよ。悪運がいつの間にか、あにさんには良運になっていたってこと、何度もあったわ。悪いことが起きても、いつの間にか忘れてしまうんだから、心配するだけ損なのよ」

そこまで言って、

「たとえば、『湊橋の決闘』よ」

るいが、顔を突き出して囁《ささや》いた。

「丑寅さんと岩松さんも決闘に加わっていたんだから、覚えてるでしょ」

丑寅と岩松が頷いた。

十年前のその一件は儀右衛門も耳にしていた。

湊橋の南側の巳之吉、丑寅、岩松らが中心となったやんちゃ連中が、橋の北側の為三郎率《ひき》いるやんちゃどもとぶつかったことがあった。

「あにさんはね、『湊橋の決闘』が霊岸島界隈の語り草になってるって思ってるようだけど、みんなが口にしてるのは、あの決闘がいかに無様《ぶざま》だったかってことなのに、そのことに気付いてないの」

るいが一気にまくし立てた。

「わたしはその頃十一だから見てはいないけど、人の噂《うわさ》を何度も耳にして、今は見てきたように話せるわ」

るいが、小さく胸を張った。

巳之吉と為三郎らの決闘には、双方合わせて二十人ばかりが揃うはずだったとるいが言った。

ところが、決闘当日の朝、巳之吉側に寝坊が一人、腹痛が二人、無届けの二人が姿を見せなかったという。

「寝坊しやがったのは、平六《へいろく》だよ」

まるで昨日のことのように、丑寅が怒りを口にした。

「そそ。集まったのはおれら二人と巳之吉、それに寛治《かんじ》と正太郎《しようたろう》の五人だ」

腕を組んだ岩松が、うんうんと頷いた。

「為三郎のほうも、十人集まるはずが、六人だったな」

「うん」

丑寅が岩松に頷いた。

「ことほどさように人数も揃わなかったことからして、無様だったのよ」

「でもるいさん。凄《すさ》まじい闘いが半刻（約一時間）も続いても決着がつかなかったから、南と北はとうとう手打ちをすることにしたって、わたし巳之さんから聞いたけど」

右女助が首を捻《ひね》った。

「その流れには間違いはないけど、半刻の闘いと手打ちの間に何があったか、すっぽりと抜け落ちてることがあるの。ね」

るいに笑みを向けられた丑寅と岩松が、困ったように眼を泳がせた。

「抜け落ちたことっていうのはなんだい」

儀右衛門が、俄然《がぜん》、興味を抱いた。

「半刻も動き回って、疲れ果てたみんなが橋の上に座り込んだり寝転んだりしてたとき、あにさんと為三郎さんが最後の力を振り絞《しぼ》って取っ組み合ったらしいの」

るいが、顔を突き出すようにして儀右衛門に囁いた。

取っ組み合ったものの、巳之吉にも為三郎にも余力がなく、足元の覚束《おぼつか》ない二人はもつれるようにして橋から落ちたのだという。

水に落ちていればよかったのだが、運悪く通りかかった肥船《こえぶね》の甲板《かんぱん》に落ちた。さらに運の悪いことに、落ちたはずみで肥樽《こえだる》を二つ三つ倒し、二人は糞尿《ふんにょう》まみれになってしまった。

すぐ川に飛び込んで洗ったのだが、身体に染みついた臭《にお》いは五日も取れなかった。

「あにさんが五日ばかり裏の物置で寝起きしたのは、そのせいだったの」

るいが儀右衛門に頷いてみせた。

「あぁ」

儀右衛門が十年前のことを朧《おぼろ》に思い出した。

巳之吉の姿が何日か消えた『渡海屋』の母屋《おもや》に、微《かす》かに糞尿の臭いが漂っていたことがある。

為三郎は砂村新田《すなむらしんでん》の親戚の家に行かされて、馬小屋の横で臭いが取れるのを待ったらしい。

「あにさんと為三郎さんが手打ちを決めたのは、そのあとのことなの」

「お前たちが知らないはずはないな」

儀右衛門が、項垂《うなだ》れた丑寅と岩松に眼を向けた。

「巳之吉が『湊橋の決闘』の昔話をするたんびに、肥船に落ちた話を抜かすもんだから。な」

岩松が丑寅に眼を向けると、

「だから、『湊橋の決闘』を語るときは、肥船のことには触れないようにしてたんですよ」

丑寅がため息をついた。

「そうやって、嫌なことを頭から追い出したら、それはもうあにさんにとってはなかったことになるんだわ。残るのは、輝かしい闘いの思い出だけ」

るいの眼力は確かだった。

しでかしたしくじりを引きずらないことは巳之吉のよさでもあるが、懲《こ》りるということがないから反省もない。

それが、いつまでも巳之吉の腰が据《す》わらない原因かもしれない。

儀右衛門からため息が洩れた。


丸子宿に着いたとき、刻限《こくげん》はすでに昼に近かった。

腹を空かせた巳之吉は飛び込んだ茶店で、名物のとろろ汁を頼んだ。

安倍川で川に落とされたあと、巳之吉は濡れた持ち物を河原の小石の上に並べ、着物を土手の松の枝に干した。

柿渋《かきしぶ》が塗られた振り分けの荷物は水に強く、中の物はほとんど濡れていなかった。

着物が乾《かわ》くまで待つことにしたのだが、締め込みひとつで座り込んでいる巳之吉を川越しをした旅人たちが笑いながら通り過ぎた。

おれは見世物じゃねぇ——まだ乾かない着物に袖を通した巳之吉は、小石を蹴って安倍川をあとにした。

とろろ汁が運ばれると、巳之吉はすぐに丼《どんぶり》を手にした。

丸子宿に着くと、古着屋で買った着物に着替えた。

川に落ちて濡れた着物は汗と埃《ほこり》にまみれていたから、いい替えどきだった。帯と合わせて百文（約二千五百円）くらい痛くもない出費だ。

巳之吉の懐《ふところ》には五両（約五十万円）近い金があった。

とろろ汁を掻《か》き込む巳之吉の眼が、少し離れた床几《しょうぎ》に掛けた女に留まった。

顔が日に焼けているところを見ると女の一人旅の様子だが、先刻から何度かため息をつき、ときどきちらと巳之吉のほうに眼を向けていた。

年の頃は二十七、八だが、商家の女房には見えない。

武家でもない。

枇杷茶色《びわちゃいろ》に黒の子持縞《こもちじま》の着こなしがどことなく婀娜《あだ》っぽい。江戸の踊りの師匠、秀蝶を幾分蓮《いくぶんはす》っ葉《ぱ》にしたような女だった。

ここが江戸なら、試しに声を掛けてみたいところだが、やめた。

「旅では女を慎め」

儀右衛門に釘を刺されたことを思い出した。

巳之吉が残りのとろろ汁を一気に掻き込んだとき、

「もし」

いつの間にか近くに来ていた子持縞の女が、遠慮がちに声を掛けてきた。

「あなた様は、これからどちらにおいでになるんでしょう」

「おれは西のほうに向かう途中だが」

巳之吉が返答すると、女がはぁと、安堵《あんど》したように息を吐いた。

「不躾《ぶしつけ》なお願いですが、岡部あたりまでわたしと道中をともにしていただけないものかと」

女の縋《すが》るような眼が、巳之吉に注がれた。

この先の宇津谷峠《うつのやとうげ》が心配なのだと女が言った。

昼でも暗い峠道に追い剝ぎが待ち構えているという噂に怯《おび》えていた。

無理やり駕籠《かご》を押しつけた雲助《くもすけ》が、法外な酒手《さかて》をむしり取る噂もあるという。

「道も険しい宇津谷峠は難所とも聞いていましたので、女一人では心細く、ここで足を止めていたのでございますよ」

「あぁ、いいよ」

巳之吉がからりと言い放った。

「おれだって越さなきゃならない峠道だ。連れ立って行こうじゃねぇか」

「ありがとうございます。わたしは、高《たか》と申します」

女が、深々と頭を下げた。

巳之吉も名を名乗った。

二

宇津谷峠への道をしばらくは並んで上がっていたのだが、上り坂が続くとお高が遅れはじめた。

巳之吉が足を止めて、遅れたお高を待った。

それを幾度か繰り返した。

「すいません」

追いつくたびに、お高は巳之吉に手を合わせた。

坂を上る途中、道の脇に足を止めるたびに水を飲み、お高はついに水筒《すいとう》を空にしてしまった。

「おれのを飲みな」

巳之吉が水筒を差し出すと、最初は遠慮していたお高も喉《のど》の渇きには勝てず、口を付けた。

「このご恩は一生忘れません」

お高は泣きそうな顔で手を合わせた。

そんな健気《けなげ》な様子を見ると、年上の女でもいじらしく思える。

だが、こうもたびたび足を止めていてはなかなか先に進めない。

二人の手拭《てぬぐい》を結んで一本の綱《つな》にして、摑《つか》まったお高を巳之吉が引いて坂道を上ることにした。

妙案だと思ったのだが、かえって疲れることになった。

はぁはぁと巳之吉の息が上がった。

「宇津谷峠で力が尽きて死んだ人も多いそうだよ」

府中の旅籠の下女が言ったことを思い出した。

疲れがひどくなると、思い出さなくてもいいことまで頭をよぎった。

やっとのことで坂の上に辿《たど》り着いた巳之吉とお高は、昼でも鬱蒼《うっそう》として暗い峠付近で休むのをやめ、転がるように下り坂を下りた。


岡部宿は江戸から四十八里（約百九十キロメートル）余りのところにある、日本橋から数えて二十一番目の宿場である。

宇津谷峠を下り終えた横添《よこぞえ》あたりから、お高が腹痛《はらいた》を訴えはじめた。

疲れた上に腹痛まで起こしては旅を続けるどころではない。

八つ半（三時頃）くらいで、宿を取るには早い刻限だった。

「どこか旅籠を見つけるから、お高さんはそこで休んだほうがいいね」

巳之吉は通りの左右に眼を走らせた。

『柏屋《かしばや》』の看板を掲《かか》げた豪壮な構えの旅籠が眼に留まった。

しかし、値の張る旅籠は避けて、『柏屋』から少し離れた小ぶりな旅籠『壺《つぼ》屋《や》』にお高を案内した。

「おいでなさいまし」

奥から下女が飛んできて声を張り上げた。

帳場から出てきた番頭に聞くと、空《あ》きはあるという。

「お二人様で？」

「いや、違うんだ。宿を頼みたいのはこちら一人で、おれはこのまま発《た》つんだよ」

番頭に言うと、巳之吉を見ていたお高が眼を伏せた。

「濯《すす》ぎをどうぞ」

下女が濯ぎを持ってきてお高の足元に置いた。

「巳之吉さん、わたしに構わずお発ちになって」

巳之吉に呟《つぶや》いたお高の眼は、口とは裏腹に心細げだった。

「部屋にご案内します」

濯ぎを終えた下女が、弱々しく板張りに上がったお高に手を貸した。

「巳之吉さん、お世話になりました」

頭を下げたお高が、下女に手を引かれるようにして階段を上がっていった。

「よろしいんですか、あの方をこのまま置いていって」

猿顔に皺《しわ》の目立つ番頭が、巳之吉の顔を覗き込んだ。

「ん」

生返事をした巳之吉に迷いが芽生《めば》えていた。

『若旦那、決して弱い者をいたぶっちゃいけませんよ』

鬼吉が言った言葉が耳に蘇《よみがえ》って、巳之吉はさらに逡巡《しゅんじゅん》した。

廻船問屋『渡海屋』の持ち船、『波切丸』の水主頭《かこがしら》だった鬼吉は、六十を前にして船を下りた。

定まった家のなかった鬼吉のために、儀右衛門が深川の海辺に、台所の付いた家を用意した。

巳之吉が儀右衛門に連れられて鬼吉の家に行った当初、皺だらけの顔をした小柄な爺さんとしか映《うつ》らなかった。

だが、儀右衛門の使いで深川に行った巳之吉は、絡《から》んでいたならず者三人を、あっという間に叩きのめした小柄な爺さんを見てしまった。

十になったばかりの巳之吉は、そのときから鬼吉への憧憬《どうけい》と畏敬《いけい》の念を抱いた。


江戸を立つ前日も、巳之吉は鬼吉の墓に参ったくらいだ。

その鬼吉の言葉は、巳之吉には重い。

『女、子供、爺さん婆ぁさん、力のねぇ弱い者をいじめる奴は、わたしゃ好かねぇ』

鬼吉はそうも言っていた。

女が弱いかどうか、今の巳之吉には釈然《しゃくぜん》としないものがある。

妹のるいにしても、亭主を見限って巳之吉に縋ろうとした千代が弱いとは到底思えない。

といって、病人を放っていけるか――巳之吉には悩ましいところだった。

このまま立ち去ると、あとあと寝覚めがよくない気もする。

見捨てたという後ろめたさを引きずるのではないか。

置いていって、万一病がもとで死んだら、恨みの魂魄《こんぱく》に取り憑《つ》かれはしないか。

そんな思いが瞬時に脳裏《のうり》を駆け巡《めぐ》った巳之吉は、ため息とともに草鞋《わらじ》を脱いだ。


旅籠『壺屋』の下女に案内された部屋は、二階の突き当たりにあった。

「入りますよ」

巳之吉が廊下から声を掛けて障子を開けた。

敷かれた布団に横になっていたお高がゆっくりと顔を向けた。

「へへへ、なんだか気になりましてね。おれもここに泊まることにしましたよ」

お高の枕元に近づいて、巳之吉が言った。

「嬉しい。この通りです」

お高が巳之吉に手を合わせた。

「拝《おが》むのはもう、なしにしましょうや」

「だって」

あとは言葉にならず、お高は両手で顔を覆うと、ううとむせび泣いた。

「何か、おれにできることはねぇかね。薬とか、何か買ってほしい物とか」

「そんなに甘えたら、罰《ばち》が当たります」

そう言って、お高は背を向けて泣き声を洩らした。


岡部宿の通りには、東西からの旅人の姿が増えていた。

日暮れまでまだ半刻ばかりある時分で、大方の旅人が先を急いで通り過ぎた。

宿を探しているのは、老人の一団や女子供を連れた者たちだった。

『壺屋』を出た巳之吉は、両側に建ち並ぶ商家に眼を走らせながら通りを歩いた。実にさまざまな商《あきな》いが眼に入った。

問屋場《といやば》、旅籠、酒屋や醤油屋《しょうゆや》はもちろんのこと、屋根葺《やねふ》き、按摩《あんま》、煙草屋、茶店に眼薬売りの看板まであった。

このほとんどが旅人の用を賄《まかな》う商売なのだろう。

小さな宿場はともかく、大きな宿場町には岡部と似たような活気があった。

腹痛と滋養《じよう》によいという薬を買い求めた巳之吉が通りに出たとき、

「ちょいと巳之吉さん」

女の声が掛かった。

編笠《あみがさ》を背中に背負い、杖《つえ》を手にしたお鹿が眼を吊り上げて近づいてきた。

「ここで泊まるのかい」

お鹿が相変わらずつっけんどんな物言いをした。

「あぁそうだよ」

巳之吉が無愛想《ぶあいそう》に返答した。

「伊佐蔵さんを見かけなかったかい」

「さぁね。おや、姐《ねえ》さんは伊佐蔵って男と一緒じゃなかったんで？」

巳之吉が、意地悪くお鹿の後ろに眼を遣《や》った。

「なんで一緒だと思うんだよ」

お鹿が口を尖らせた。

「伊佐蔵を追ってきたくせに」

「違うと言っただろう」

お鹿の鼻の穴がひくひく動いた。

お鹿が下田から伊佐蔵を追ってきたことは、三保の松原の居酒屋で対面した伊佐蔵とのやりとりから、とっくに底は割れていた。

それでも違うと言い張るお鹿はよほどの意地っ張りに違いない。

「おれはてっきり、三保の松原から伊佐蔵と道連れだと思ってましたがねぇ」

巳之吉が首を捻ると、睨《にら》みつけたお鹿がぷいと横を向いた。

「あそこで逃げられたとすると、こりゃ追っても目はありませんね」

「よけいなことはいいから、伊佐蔵さんを見かけたかどうか、それをお言いよ」

お鹿の口調が喧嘩腰《けんかごし》になった。

伊佐蔵と府中で別れたことを、巳之吉は言う気にならなかった。

「てやんでぇ。おれはあの男の子守じゃねぇ」

巳之吉がお鹿に背を向けて歩き出した。


足音と人の声が入り交《いま》じった音が、耳元でざわついていた。

ふっと目覚めた巳之吉がむくりと身体を起こすと、布団に座っていたお高が微《ほほ》笑《え》んだ。

「お疲れのようでしたねぇ」

お高が労《いたわ》りの声を掛けた。

「どのくらい寝たのかね」

「わたしが薬を飲んですぐでしたから、半刻ばかり」

お高が眼を遣ったほうを見ると、障子が西日に染まっていた。

巳之吉は立ち上がって、障子を開けた。

往還《おうかん》を行《ゆ》き交《か》う足音や馬の蹄《ひづめ》の音がわんと入り込んだ。

「お泊まりなさいまし」

「お二人様お着きぃ」

通りからは呼び込みの声が、『壺屋』の階下からは客を迎える下女のけたたましい声が届いた。

「巳之吉さん」

横座りをしていたお高が、布団の上で膝《ひざ》を揃えた。

障子を閉めて、巳之吉が窓際に改まった。

「わたしをさぞご不審にお思いでしょうねぇ」

「不審と言いますか、何か事情がおありになるんだろうなとは、えぇ」

巳之吉の正直な気持ちだった。

お高が、小さくうんうんと頷くと、

「わたし、生まれ在所はこの先の金谷《かなや》でして」

岡部から三つ先の宿場の名を口にした。

「四年前、土地の男と惚《ほ》れ合って江戸へ出たんです」

「おれも江戸だよ。霊岸島の南新堀ってとこだが」

「巳之吉さんの話しぶりから、そうではないかと思っていました」

「江戸なら隅々まで知っているが、お高さんはどこにいなすった」

「品川の少し先やら浅草近くのなんとかって寺の傍《そば》でしたが、行った先に馴染《なじ》む間もなく、あちらこちらを転々とする始末で」

お高が大きく息を吐いた。

江戸に行ったものの、当初から暮らしに行き詰まったという。

知り合いもなく、身元を請け合う請人《うけにん》もおらず、二人は仕事の口に困り果てた。

長屋の住人の口利きで口入れ屋の寄子《よりこ》になったお高は、十日、ひと月の出替わり奉公を得たのだが、男にはこれという仕事はなかった。

灰買《はいが》い、付け木売りのような、子供でもできる仕事しかない男は次第に荒《すさ》み、お高の稼ぎを自分の酒代に回すようになった。

「そんな暮らしが長続きするわけはありません。あの人はとうとう、わたしに岡場所に身を売れとまで——。それで、半月前、江戸を逃げて」

最後は声にならず、お高が口を片手で押さえた。

江戸をほっつき歩いていた巳之吉の近辺にも悲惨な暮らしをしている者を見かけたから、お高の境遇は特段珍しくはなかった。

「江戸からここまで、結構日にちがかかったねぇ」

自分のことを棚に上げた巳之吉が、軽く唸《うな》って腕を組んだ。

「江戸からの路銀は持って出たのかい」

「ほんの少し」

お高が眼を伏せた。

「しかし、それでよくここまで金が続いたもんだねぇ」

巳之吉の言葉に、お高が首を左右に振り、すぐにがくりと首を折った。

「一人旅の女が、道中、金を得るには、ほかに考えられず――」

お高が喉を締めつけるような声を洩らした。

あ、と声を出しそうになって、巳之吉が口を閉じた。

「国に帰りたい一心で、泣きながら、見ず知らずの男にこの身を――」

「もう何も言いなさんな」

金に困って夜の暗がりに立つ素人女《しろうとおんな》は江戸でも見かけたことがある。

大工や左官など、出職《でしょく》の者は雨が続くと手間賃が入らない。暮らし向きに困った女房が、その場しのぎに夜の片隅に立つこともあった。

「もっと早く、巳之吉さんと巡り会いたかった」

お高が、声を絞り出した。

「峠では手を引いてくれ、病のわたしのために薬まで。人にこんなに優しくされたのは、初めて——。巳之吉さんとなら、金ずくではなく、この身をとまで」

一気に吐き出したお高が、恥じらいを見せて俯《うつむ》いた。

「まいったね、どうも」

巳之吉は笑って、手で頭の後ろをとんと叩いた。

部屋の外から、階段を上り下りする音が増えて旅人を案内する下女の声が響き渡った。

隣の部屋に客が案内されてきたようだ。

「失礼します」

障子が開いて、廊下に膝をついた下女が顔を突き出した。

「お客さん、夕餉《ゆうげ》の前に風呂にしなさるかね、それとも」

「先に夕餉をくださいな」

下女の言葉を遮《さえぎ》って口にしたお高が、巳之吉を窺《うかが》った。

「かまわねぇよ」

巳之吉が頷いた。

三

岡部宿は日が落ちてからも賑わっていた。

小間物屋に出入りする旅人の姿を見かけたが、手拭や裁縫《さいほう》の針を求めるのかもしれない。

明日の早発ちに備えて草鞋屋に飛び込む者もいた。

春の宵《よい》を楽しもうとそぞろ歩く者、居酒屋の暖簾《のれん》を潜《くぐ》る者も多くいた。

巳之吉は、風呂を出たあと旅籠を出ていた。

「巳之吉さん、わたしはこれから風呂に行きますから、その間外で遊んでおいでなさい」

風呂から戻った巳之吉は、お高に勧められた。

「遊びというと、女かい」

「ううん、それは、いや」

拗《す》ねたようにお高が言った。

薬を飲んだせいかすっかり元気を取り戻したお高は、夕餉の膳《ぜん》を平《たい》らげていた。

「宿の人に聞いたら、旅人相手のちょっとした賭場《とば》があるそうですよ」

風呂へ行く支度をしながら、お高が言った。

「賭場に行ってる間の風呂たぁ、長風呂だねぇ」

「女には、髪を洗ったり、いろいろと用事があるんですよ。わかるでしょ？」

照れたように笑うと巳之吉に身体を押しつけた。

巳之吉は、賭場で長引くことのないように、二朱（約一万二千円）だけを手にして夜の通りへと出てきた。

しかし、旅人相手の賭場とは恐れ入る。

世の中には、どこへ行っても金儲《かねもう》けの口を考えつく者がいるものだ。

旅先で女にあぶれて夜を持て余した男が気を紛《まぎ》らわすには、酒と博打《ばくち》くらいしかなさそうだ。

お高が旅籠の番頭から聞いたという賭場は、宿場の通りから小道を北へ曲がった先にあった。

山門も朽《く》ち果てて、形を残していた高床の祠《ほこら》の隙間《すきま》から明かりが洩れていた。

「『壺屋』で聞いてきたんだが」

巳之吉が軽く叩いて声を掛けると、観音開《かんのんびら》きの戸を開けた男が外に眼を走らせて、入れというように顔を動かした。

「ではちょいと」

巳之吉が中に足を踏み入れた。

皿に立てられた蠟燭《ろうそく》が二つ、床に敷かれた筵《むしろ》の近くで灯《とも》っていた。

「ここで札に換えてくんな」

隅で胡坐《あぐら》をかいていた固太りの男が抑揚《よくよう》のない声を掛けてきた。

巳之吉は二朱を札に換えて、筵の前に座った。

筵を挟んだ向かいに戸を開けた男が座ったところをみると、サイコロを振る役目のようだ。

ひとつのサイコロを丼に投げ入れて、四から上の数が大、三の下が小として勝ち負けを決める至極《しごく》簡単な博打だった。

三度目の勝負が済んだあたりから、巳之吉は飽《あ》きはじめた。

客は巳之吉一人で、寒々とした賭場では張り合いもなかった。

早く終わらせて帰りたくなった。

「お帰り、待ってます」

旅籠からの出がけに、お高が巳之吉に囁いた。

今夜はおそらく、お高は巳之吉の布団に潜《もぐ》り込んでくるはずだ。

旅に出てからというもの、巳之吉は女を断っていたが、何も聖人君子ではない。

据《す》え膳《ぜん》が置かれるなら、ありがたく頂戴《ちょうだい》する気になっていた。

「何か」

サイコロ振りの男が訝《いぶか》るように声を掛けた。

「何が」

巳之吉は、ぽかんと顔を上げた。

「今、にやりとお笑いになったので」

男に言われて、巳之吉は顔を引き締めた。

博打に身の入らない巳之吉は、あっという間に二朱を使い果たした。

消えていた行灯《あんどん》に火をつけると、敷かれている二つの布団が眼に入った。

だが、お高の姿はなかった。

賭場に出かけて旅籠に戻るまで半刻余りしか経っていないはずだ。

長風呂にしても、長すぎやしないか。

這《は》い寄った巳之吉が、障子を細く開けて廊下を覗いた。

泊まり客の一団が酒宴を開いているのか、話し声と笑い声が混じり合って廊下に流れていた。

障子を閉めて振り返った巳之吉が、ふと首を傾《かし》げた。

巳之吉の持ち物と並んで置いてあったはずのお高の持ち物が、どこにもなかった。

巳之吉の眼が、自分の持ち物に留まった。

置き方に異変があった。

特段理由はないのだが、巳之吉は菅笠《すげがさ》を皿にして、その上に道中脇差《どうちゅうわきざし》、振り分けの荷物、矢立《やたて》などを置くことにしていた。

ところが、菅笠が荷物の上に被《かぶ》せてあった。

ツツツツ、と荷物に這い寄った巳之吉が菅笠を取り、紐《ひも》を解いて振り分けの荷物を開けた。

薬入れや木の枕などはあったが、手に取った巾着《きんちゃく》が紙のように軽かった。口を下にして振ると、残っていた一文銭が二つ、畳に落ちた。

巾着の中には少なくとも四両以上はあったはずだ。

巳之吉は、転がるように部屋を出ると、階下の帳場へと駆け下りた。

「あ、お帰りなさい」

算盤《そろばん》に手をかけたままうとうとしていた猿顔の番頭が眼をこすった。

「おおお、おれの連れは」

「あぁ。お連れ様は急用ができたとかで、あなた様がお出かけになるとすぐ発たれました」

「発った——!?」

「折があれば、どこかでお目にかかりましょうというお言付けでした」

両足を踏ん張った巳之吉が、崩れそうな身体を懸命に支えた。

「番頭さん、どうしてあの女に賭場のことを教えたりしたんだ。そのおかげでおれは」

巳之吉の八つ当たりだった。

「賭場と言いますと」

番頭が首を傾げて巳之吉を見上げた。

巳之吉が事情を話すと、番頭は、賭場があることすら知らないと首を捻った。

「あわわわ――！」

情けない声を洩らした巳之吉が、その場にへたり込んだ。


開け放された障子の外の庭に朝日が射して、植木の緑を輝かせていた。

早発ちの客は夜明け前に旅籠を出て、大方は日が昇る頃には旅立っていた。

静けさを取り戻した旅籠の中で騒がしいのは、部屋の片付けや布団干しに駆けまわる下女たちの足音や話し声だった。

奥の部屋に呼び出された巳之吉は、長火鉢に並んだ主人夫婦と傍に控える番頭に、無一文になった事情を打ち明けたばかりだった。

主人夫婦はただため息をつくばかりだった。

「今朝早く、こちら様と一緒に賭場があったという場所に行ってみたんですが、ただの荒れた寺の跡でした」

番頭が主人夫婦に言い添えた。

番頭と一緒に行った巳之吉は、荒れ寺近くに住む住人からとんでもないことを聞かされた。

荒れ寺には金の持ち合わせのない旅人が泊まり込んだり、土地のはぐれ者が寝泊まりするくらいで、賭場が開かれるようなことはこれまでなかったのだ。

「こちら様はどうも、女の騙《かた》りにはめられたようで」

労るような番頭の物言いが、かえって巳之吉を惨《みじ》めにした。

「事情はともかく、昨夜の宿代六百文（約一万五千円）をどうするかですが」

五十ばかりの主人が、情のない声を発した。

「宿代は二百文じゃ」

巳之吉が腰を浮かしかけると、

「お連れ様の分も込みでして。それに、昨夜お連れ様が発つとき、駕籠代がないからと二百文お貸ししましたが、その分はあなた様から返してもらうようにと」

番頭の説明に、巳之吉の開いた口がふさがらなかった。

六百文と言えば二朱と百文ではないか。

普段ならなんでもない額が、今の巳之吉にはそれすらない。

お高に持っていかれた四両は、米を食べるだけなら大人一人が一年以上生きていける金額だった。

「宿帳ですと、巳之吉さんは江戸でしたね」

開いた宿帳に眼を遣っていた番頭が、巳之吉を見た。

「親御さんはおいでで？」

巳之吉は番頭に頷いた。

「家業は何を」

「『渡海屋』って廻船問屋を」

巳之吉が答えると、主人夫婦と番頭の顔が和《やわ》らいだ。

「それだったら、江戸に便りをしてお金を送ってもらいなさいよ。早飛脚なら、四、五日もすれば着きますよ」

主人より二つ三つ年下の女将《おかみ》が微笑んだ。

騙りの女に金を持ち逃げされたことは隠せても、金がなくなって旅籠に足止めを食ったことを書かなければ送金は望めない。

そんな便りを読めば、儀右衛門や二親《ふたおや》はおそらく巳之吉が不始末を起こしたと思うはずだ。

それだけはなんとしても避けたかった。

「おれをここで働かしてもらって、宿代からさっ引いていただけると助かるんですが」

巳之吉が殊勝に手を突いた。

「それは構いませんが、うちで働く下女並みの給金しか出せないよ」

冷ややかな主人の声だった。

「一日働いて三十文（約七百五十円）ですから、払い終わるまで二十日近く働いてもらうことになりますが」

番頭の声に、巳之吉の顔から血の気が引いた。

飯代、布団代は容赦するという主人の声が、巳之吉の耳に朧に届いた。

「働かせてもらいます」

かすれ声で返答すると、がくりと項垂れた。

巳之吉にはほかに金策の手立てがなかった。

旅籠『壺屋』がしんと静まり返っていた。

泊まり客が出たあとの掃除も一通り終わると、客を相手にする下女のうち、通いの二人は自分の家に一旦帰っていった。

二階の客間を追い出された巳之吉は、階下の台所横にある三畳の行灯部屋に荷物を置いた。

行灯のほかに火鉢などもあって、やっとのことで薄べり一枚敷ける広さしかなかった。

「朝餉ができてますから、台所にどうぞ」

昨日濯ぎを用意した若い下女が、廊下から顔を覗かせた。

下女に連れられて台所の板張りに行くと、二人の台所女中と年配の下男が車座になって飯を掻き込んでいた。

「あんたはそこに」

四十ばかりの痩《や》せた女中が、下男の横を指した。

呼びに来た下女は三十ばかりの女中の横に座って箸《はし》を取った。

「あんたはもうお客じゃないんだから、自分でよそわないとご飯は歩いちゃくれないよ」

肉置《ししお》き逞《たくま》しい、三十くらいの女中がぞんざいに言い放った。

「あ」

巳之吉は茶碗を手に車座の真ん中に進み、置いてあるお櫃《ひつ》からご飯をよそった。

「いただきます」

殊勝に頭を下げて、巳之吉が箸を取った。

膳には、味噌汁《みそしる》と焼いた干魚、漬物があった。

無一文と知れると宿の朝餉は用意されず、空きっ腹を抱えていた巳之吉にはほとんど具のない味噌汁もありがたかった。

「しばらく働いてもらうことになってるそうだから、名前くらいは言っておくよ。わたしは、もと」

痩せた女中が名乗ると、箸の先を下男に向けた。

「薪《まき》を運んだり醤油樽なんかを運ぶ台所の外の仕事をする吾市《ごいち》さん」

吾市が巳之吉に小さく会釈した。

「この人はお富《とみ》さん。亭主と死に別れて、ここに住み込んでる」

おもとが、隣で食べている肉置き逞しい色黒の女を指した。

お富は何も答えず、ひたすら箸を動かしていた。

若い下女はみねという名だった。

普段は客間を駆けまわるのだが、住み込み奉公なので食事は台所女中と一緒に摂《と》るのだとおもとが言った。

通いは吾市だけで、三人の女はひとつ部屋に住み込んでいた。

「わたしは、巳之吉と申します。ひとつよろしくお引き廻しのほどを」

一同に頭を下げた。

「しかしまぁ、あんたもひどい女に引っかかったねぇ」

おもとの声音《こわね》には、憐《あわ》れみよりも呆《あき》れ果てた響きがあった。

「でも、昨日見た女の人はか弱そうにしてましたよ」

おみねが囁いた。

「人を騙《だま》そうとする女が、けらけら笑うはずないじゃないか」

お富が吐き捨てた。

ここにいる皆が、巳之吉に降りかかった一件を周知していた。

「変な女に目尻を下げたあんたもあんただよ」

お富の手厳しい声が巳之吉に刺さった。

「巳之吉さんは、江戸の人ですってね」

おみねが巳之吉に顔を向けた。

「えぇ、さようで」

「話には聞くけど、どんなとこなんだろうね」

眼を輝かせたおみねが巳之吉に眼を向けた。

この中で唯一の味方は、おみねのようだ。

「おみねちゃんまで目尻を下げちゃ、今度はあんたが江戸者に騙されるよ」

お富から容赦のない声が飛んだ。


遅い朝餉を済ませた巳之吉を待っていたのは、薪割りだった。

巳之吉に薪割りの経験がないわけではない。

知り合いの家などで遊び半分に何度かやったことはあるが、仕事ではなかった。

台所裏の庭で四半刻《しはんとき》(約三十分)も続けると、巳之吉の身体がふらついて、まさかりは丸太を外れ地面に打ちつけるようになった。

「ここはいいから、外の物を台所に運んでくれ」

外から帰ってきた吾市が救いの手を差し伸べてくれた。

「すまねぇ」

礼もそこそこに裏口を出ると、吾市が引いてきた車の上に醤油や酒の樽が三つ載っていた。

巳之吉は立ちくらみを覚えた。

台所に飛び込んでおもととお富に助けを求め、三人がかりで樽を運び入れた。

冷ややかな目を向けた女中二人に、巳之吉はただただ頭を下げた。

昼を過ぎると、泊まり客を迎える準備に駆り出された。

風呂場の掃除が済むと、行灯の芯替《しんが》え、油差しだった。

夕刻、泊まり客が押しかける頃になると、巳之吉の仕事はあらかた終わっていた。

台所横の行灯部屋で身を横たえていた巳之吉は、台所から聞こえてくるおもとやお富の怒号《どごう》を聞いていた。

部屋の前の廊下を慌《あわ》ただしく行き来する足音に、節々《ふしぶし》の痛みに顔を歪《ゆが》めながら身体を起こした。

部屋を出て台所を覗くと、客の夕餉を供《きょう》する台所はまるで戦場の様相だった。

おもともお富も眼を吊り上げて夕餉の膳をこしらえていた。

「徳利《とっくり》五本です」

飛び込んできたおみねが叫んだ。

「酒はあんたがおやり」

お富が切り返すと、

「お膳も運ばなきゃならないし」

おみねが途方に暮れた。

「冷《ひや》でいいならおれが入れておくよ」

巳之吉が買って出た。

「お願いします」

お膳を二つ重ねたおみねが、馴れた足取りで台所を出ていった。

客の夕餉が済んで、台所の片付けが終わるまでは女中たちも巳之吉も飯にはありつけない。

行灯部屋でおちおち休めないなら、身体の痛みを押してでも手伝うしかなかった。江戸にいた時分に、居候《いそうろう》の心得は身に付けていた。

樽の酒を片口《かたくち》に取った巳之吉が、徳利に注ぎはじめた。

ちょろちょろと、いい音がした。

四

翌朝、岡部宿は小雨に煙《けぶ》っていた。

帳場に座っていた巳之吉が『壺屋』の表を眺《なが》めていると、雨合羽《あまがっぱ》や蓑《みの》を着た旅人の行き交う姿があった。

道は湿っていたが、ぬかるんではいなかった。

巳之吉は今朝、暗いうちに目覚めた。

朝餉の支度で慌ただしい台所の音が薄い板壁を通して行灯部屋に届き、半ば起こされたようなものだった。

起きたからには何かしなければならず、吾市を手伝って水運び、薪運びをこなした。

「番頭さんが、巳之吉さんに帳場に来ておくれと言ってましたよ」

朝餉を済ませたあと、吾市と茶を啜っていると、おみねが顔を出してそう言った。

猿顔の番頭の名が久八《きゅうはち》だということは、朝方、吾市から聞いていた。

主人の名は寛兵衛《かんべえ》で、女将はお島《しま》だともわかった。

巳之吉が顔を出したとき、帳場は空だった。

座って待っていると、男二人の客に続いて久八が階段を下りてきて、旅立ちを見送った。

「いや、待たせてすまないね。宿代の勘定《かんじょう》のことで文句が出たもんだから」

帳場に入ってきた久八が、巳之吉の向かいに座った。

「ええ、巳之吉さんのこれからの仕事ですがね。今日からは客間のほうの雑用だけをやってもらいます」

「へぇ、そりゃ、わたしに否《いな》やはありません」

「聞くところによれば、力仕事には向かないそうですな」

久八が声をひそめた。

『巳之吉は力仕事の役に立たない』

『巳之吉がいるとかえって仕事が滞《とどこお》る』

『台所に巳之吉は邪魔』

久八がはっきりと口にしたわけではないが、そのような声が上がったようだ。

「こっちの客間のことはおみねから聞いて、よろしくお願いしますよ」

そう言いながら帳面を開いた久八が、指で算盤珠《そろばんだま》を揃えた。

「宿代の勘定ですか」

巳之吉が首を伸ばすと、

「ここはもういいから」

久八が帳面を身体で隠した。

「一人で帳面見ながら弾《はじ》くよりは、番頭さんが読み上げてくださりゃ、おれが算盤を入れますよ」

「算盤、できるのかい」

久八の眼が丸くなった。

「読み書き算盤は、一通り。ええ」

商家に生まれた巳之吉は、六つ七つの時分から読み書きの手習いに通った。算盤は、『渡海屋』の番頭や手代が手空きのときに交代で張り付き、巳之吉は泣きながら手ほどきを受けた。

久八は半信半疑で代金を読み上げた。

算盤を入れ終わって、巳之吉が金額を口にした。

だが、久八の不信は解けず、改めて巳之吉が数字を読み、久八が算盤珠を弾いた。

「合ってます」

久八が巳之吉を見て、ぽつりと洩らした。

巳之吉が読み書き算盤ができるということは、昼前には旅籠『壺屋』の主人夫婦にも奉公人たちにも知れ渡っていた。

客間や廊下の掃除は、おみねら三人の下女が分担するのだが、そこに巳之吉が加わった。

「あんた、読み書き算盤ができるってねぇ」

三十を超えた客間の下女の頭《かしら》が、感心したように巳之吉に声を掛けた。

お湿りのおかげで廊下にも客間にも砂埃はほとんどなく、掃除はあっという間に片付いた。

巳之吉が行灯部屋に寝転んで、午後からの仕事に備えていると、

「巳之吉さん」

外から囁くような女の声がした。

巳之吉が戸を開けると、廊下に座っていたおみねが顔だけ突き入れた。

「親元に便りをしたいのだけど、巳之吉さんに字を書いてもらえないかと」

「お安いご用だ」

巳之吉が頷くと、弾けるような喜色《きしょく》を見せたおみねが半紙を差し出した。

矢立を取り出した巳之吉は、おみねの口立《くちだ》てを書き記した。

表に宛先を書いて渡すと、

「それであの、代筆のお代は」

深々と頭を下げたおみねが、恐る恐る巳之吉を見上げた。

「そんなものいらないよぉ」

巳之吉が大きく手を打ち振った。

「でも」

「気が済まないと言うんなら、そうだな。もし誰かに聞かれたときは、五文で書いてもらったと言っておきな」

「はい」

おみねがにこりと頷いた。

「ちょいと聞くが、おみねちゃんの親は字が読めるのかい」

「ううん。でも、お寺に行けば和尚《おしょう》さんに読んでもらえるから」

「あぁ」

巳之吉は得心《とくしん》した。

昼を過ぎた頃、雨が上がった。

風呂場の掃除を買って出た巳之吉が、一階の奥にある風呂場を掃除していると、

「巳之吉さんに頼みがあるんだけども」

台所女中のおもとが顔を覗かせた。

「おみねちゃんには五文で請け負ったらしいけど、わたしは十文出すから、文《ふみ》を書いてくれないかね」

おもとは、浜松の呉服屋に奉公に出ている十八になる倅《せがれ》に便りを送りたいという。

「お安いご用だよ。今日はこれから客を迎える支度があるから、明日にでも手空きのときに」

巳之吉が請け合うと、おもとは片手で拝んで立ち去った。

『壺屋』の奉公人たちの巳之吉を見る眼が、明らかに変わっていた。

八つ半（三時頃）時分から、泊まり客がぽつぽつと『壺屋』に現れた。

陽気がよくなったせいか、東海道を行き交う人の数が多い。田植えを前に伊勢参りを済ませた百姓や『講中《こうじゅう》』の揃いの法被《はっぴ》を着た一団も押しかけた。

七つ半（五時頃）になると、客間の下女たちは夕餉のお膳運びに走り回った。

「手伝いましょうか」

見るに見かねて巳之吉が声を掛けると、下女の頭のお杉《すぎ》は一瞬考えたが、

「頼むよ」

言い置いて、お膳を抱えて階段を駆け上がった。

台所に顔を出した巳之吉が、お杉は了解済みだと言うと、

「二つお願いします」

おみねは、お膳を二つ、巳之吉に預けた。

「杉の間ですから、ついてきてください」

巳之吉がおみねについて、階段を上がった。

巳之吉は配膳の要領に心得があった。

料理屋には客としても上がっていたが、馴染みの店に二、三日居候をしたときなど、店の者になりすまして巳之吉が下女とともに酒や台の物を部屋に運んだこ

とがあった。

「お待たせしました」

声を掛けたおみねに続いて、巳之吉もお膳を運び入れた。

五十前後の男四人が、待ちかねたようにお膳に着いた。

日に焼けているところを見ると、百姓のようだ。

「すまんが、酒を人数分頼みますよ」

男の一人が言うと、

「はぁい」

おみねが部屋を飛び出した。

「ささ、箸をおつけなさい。酒はおっつけ参りますから」

巳之吉に勧められて、男たちが箸を取った。

「お客さん方、どちらにお行きなさいますね」

「越後《えちご》に帰る途中ですよ」

酒を頼んだ男が笑みを浮かべた。

「越後はいいところだねぇ」

巳之吉が感心したように唸った。

「若い衆は越後を知っていなさるかね」

「いえ。行ったことはありませんが、江戸にいた時分、周りの連中が越後はいいとこだなんて口を揃えてましてね。それに、お客さん方の福々しいお顔を見てりゃ、いいところに決まってますよ」

お客四人の顔が嬉しげに綻《ほころ》んだ。

「これは少ないが」

酒を頼んだ男が、巳之吉の膝元に十文ばかり置いた。

「いや、お客さん、これはいけません」

巳之吉が手を左右に振った。

「越後を褒《ほ》めてくれたお礼ですよ」

ほかの三人も笑みを浮かべて頷いた。

「それじゃ遠慮なく」

両手を合わせた巳之吉が、十文を押し戴《いただ》いた。


客間からお膳を引き揚げたあとも、台所は慌ただしかった。

おもととお富が器洗いに奮闘し、客間の下女も駆けつけて洗い終わった器やお膳を拭《ふ》いた。

拭かれた傍から、巳之吉と吾市がお膳を積み上げ、食器の棚に器を戻した。

「あら番頭さん」

おみねが声を上げた。

番頭の久八が廊下から顔を覗かせていた。

「旦那さんが巳之吉さんをお呼びなんだが、いいかね」

久八が女たちに断りを入れると、

「大方片付きましたから、どうぞ」

おもとが久八に返事した。

巳之吉は廊下に出ると、久八と並んで歩いた。

「旦那の用とはなんなのかね」

「さぁ」

首を捻った久八が、

「こんなときになんだが、明日もひとつ算盤のほうを頼みたいんだがね」

囁いて、片手で巳之吉を拝んだ。

「旦那さんには内証で、二十文出しますぞ」

巳之吉が請け合うと、

「旦那さんの部屋はわかるね」

廊下の奥を指し示した久八が、笑みを残して立ち去った。

「巳之吉ですが」

廊下で声を掛けると、

「お入り」

お島の声がした。

障子を開けて部屋に入ると、長火鉢の傍で酒を酌《く》み交《か》わしていた寛兵衛とお島がにこにこと巳之吉を見迎えた。

「何かご用で」

巳之吉が畏《かしこ》まった。

「酒はいける口かね」

「えぇまぁ」

笑顔で返事をすると、盃《さかずき》を巳之吉に手渡した寛兵衛が酒を注いでくれた。

「しかしなんだ巳之吉さん、よく働いてくれてるそうだねぇ」

「とんでもない」

「ま、飲みなさいよ」

巳之吉は一気に呷《あお》った。

「お膳運びも手際がいいと女たちが褒めていたよ」

「それればかりじゃなく、お客さんからの評判もいいんだよ。ここの若い衆は気が利いて、その上小気味がいいなんてね」

お島が言い添えた。

「明日から、巳之吉さんの給金は五十文にさせてもらうよ」

寛兵衛から思いもしない言葉が出た。

その上、客が出払って掃除などが済んだあとは、八つ（二時頃）までは好きに過ごしていいとまで寛兵衛が言った。

「ありがとう存じます。お礼に、凝《こ》りなどあれば揉《も》み療《りよう》治《じ》をさせていただきますが」

「按摩の真似もできるのかね」

寛兵衛とお島が顔を見合わせた。

「餓鬼《がき》の時分から、うちの爺さんに足やら腰やら揉めと言われましたので」

巳之吉は儀右衛門に強制されて揉んだわけではなかった。

小遣い銭をせびるための手管《てくだ》だった。

「ひとつ頼むよ」

寛兵衛が横になった。

四半刻ばかり揉んで引き揚げようとすると、礼だと言ってお島が三十文を握らせてくれた。

五

旅籠『壺屋』はしんと静まり返っていた。

泊まり客も住み込みの奉公人たちも寝静まっているようだ。

巳之吉は薄べりの上に置いた行灯の傍で、銭勘定をしていた。

日々の給金は宿代の六百文からさっ引かれるだけで、巳之吉の手に渡されることはなかった。

手元の銭は、女たちからの代筆の礼金や泊まり客からの心付けだった。

数えたら、六十文ばかりになっていた。

算盤勘定を手伝えば、番頭の久八からの二十文が毎日懐に入る。

それにしても、六百文を返し終わるには先が長すぎる。

一時に稼げる手立てを講じないと、旅が続けられなくなりそうだ。

江戸でなら、声色屋で稼ぐ手もあった。幇間《ほうかん》の真似事をして、座敷遊びの旦那衆から心付けをむしり取れるが、旅先では覚束ない。

八つまでは巳之吉の好きにしていいという寛兵衛の申し出はありがたい。

昼間、町に繰り出して、一刻もあれば儲けの口が転がっているかもしれない。

薄べりの上に広げていた銭を掻き集めて巾着に戻すと、

「明日、試してみるか」

巳之吉がふふと笑った。

「巳之吉さん」

女のくぐもった声がした。

どきりとして背筋を伸ばすと、

「巳之吉さん、寝たの？」

「いえ」

思わず返事をしていた。

音もなく板戸が開いて、徳利の注ぎ口を指で摘まんだ女の影がするりと部屋に入り込んだ。

「お富さん」

巳之吉の声がかすれた。

急ぎ戸を閉めたお富が、巳之吉の前で膝を揃えた。

肉置き逞しいお富の身体には、寝巻が窮屈《きゆうくつ》そうである。

「な、何か」

巳之吉の声が少し上ずっていた。

「あんたには、何かときついことを言ったけど、勘弁してね」

お富が、しおらしい声で頭を下げた。

「今夜は、謝りがてらお酒をと思ってね」

寝巻の袂《たもと》に手を入れると、お富は二つのぐい飲みを出して、ひとつを巳之吉に押しつけた。

「酒、いけるんだろう」

「え、まぁ」

巳之吉がしどろもどろになった。

巳之吉のぐい飲みを持ったほうの手首をぐいと摑んだお富が、酒を注いだ。

「それじゃ、おれも酌《しやく》を」

巳之吉がお富のぐい飲みに注いだ。

「ありがとう」

巳之吉を見て笑いかけたお富が、ぐい飲みを一気に呷った。

のけぞるように飲んだお富の豊かな胸が、寝巻の中で波を打った。

「わたし、同じ村の百姓と所帯《しょたい》持ったんだよ」

自分のぐい飲みに酒を注ぎながら、お富が話し出した。

お富の亭主は三年前、病で死んだという。

亭主との間に子ができなかったから、婚家からは追い出された。

実家は三人の子を持つ兄のものになっていたので、仕方なく岡部に働きに出てきたのだった。

そこまで話すうちに、お富の呂律《ろれつ》も眼つきも怪しくなっていた。

お富がいきなり、ツツと巳之吉の前に進み出た。

思わず後ろに身体を引いた巳之吉の正面から、お富がのしかかってきた。

「お富さん」

押しのけようとしたが、お富の身体はびくともしない。

「亭主に死なれて三年。ずっと寂しい思いをしてきたんだよ」

「けど」

口にしようとしたが、お富の胸に押されて声も出ない。

「哀れと思ってお情けを。ね、お情けを」

「お富さん」

言いかけた巳之吉の口を、お富の口が荒々しくふさいだ。


翌日の昼、巳之吉は岡部宿の西の外れにある横内橋《よこうちばし》の袂に座り込んでいた。

「一朱でわたしを殺してください」

街道を行き交う人に声を掛けたが、一瞥《いちべつ》するだけで通り過ぎたり、気味悪がって足早に通り過ぎたりするだけで、誰一人立ち止まってはくれない。

物乞いで一稼ぎしようと、西倉沢で声を掛けてきた男の手口を思い出した。

死にたい事情を語れば、金を置いていく奇特《きとく》な旅人の一人や二人はいるはずだと思ったが、半刻経っても足を止める者はなかった。

「一朱で、わたしを殺してください」

巳之吉が、白髪頭に投げ頭巾《ずきん》を載せた、道服《どうふく》の老人に声を掛けた。

少し行き過ぎて足を止めた老人が、巳之吉の前に戻ってきた。

「何か事情がおありのようだが、話を聞こうか」

「へへっ」

巳之吉が、手を突いた。

「わたしゃ、十五の年に遠江国掛川《とおとうみのくにかけがわ》から江戸の廻船問屋に奉公に上がったのでございます。それから十年、やっと手代にもなれてこれからというとき、国に残した母親が明日をも知れぬ病との知らせ。聞けば、医者にかかる金も、薬代もないというじゃございませんか。それでわたしは、奉公先から五両を借り受け、掛川へと参る途中でございました。ところが、五、六日もあれば帰り着けるはずが、思わぬ川止めなどで、旅出てから早十日。母の命はまだあるか、死に目に会えるのかと気は急《せ》くばかり。宿を取るのが惜しいあまり、日暮れ間近の宇津谷峠を越えようとしたのが我が身の不運。暗がりから現れた追い剝ぎ三、四人に取り囲まれて、お店から借りた五両を奪われたのでございます。これでは母に合わせる顔もない。いっそ死んで詫《わ》びようとはしたものの、自ら死ぬのは難しい。この上は、人様のお手を借りて死ぬしかないと、それでこうして、恥《はじ》を忍んで皆様にお縋りしているのでございます」

がくりと項垂れた巳之吉が、老人の低く唸る声を聞いて、そっと見上げた。

往来で立ち止まった旅人が何人か、成り行きを見ていた。

「若い人、何も死ぬことはありますまい」

「いえ、ですから」

「手元に一朱をお持ちなら、急ぎ掛川に立つことです」

「しかし五両が」

「五両の算段よりも、今はおっ母さんのもとへ行くのが先決」

老人が断じた。

巳之吉は言葉を失った。

「ここから掛川まではおおよそ八里（約三十二キロメートル）。長々と喋《しゃべ》る元気もあるようだから、急げば日のあるうちに着けますよ」

微笑みを投げかけて、老人は悠然《ゆうぜん》と歩き去った。

成り行きを見ていた旅人が、拍子抜けした面持《おもも》ちで東西に去った。

一人動かない者がいた。

老人に身の上話をしている途中、馬を引いてきた十三、四ばかりの少年だった。

馬の手綱《たづな》を持ったまましゃがんで、じっと巳之吉を見ていた。

「なんだよ」

巳之吉が顔をしかめた。

「あんちゃん、今の話、嘘《うそ》だろ」

両肘《りょうひじ》を膝で支えた両掌《りょうてのひら》に顎《あご》を載せたまま、少年がにやりと笑った。

「うるせっ」

低く言い返すと、巳之吉は敷いていた筵を丸めはじめた。

「あれじゃ、稼げねぇよ」

「なに」

巳之吉が振り向いた。

「物乞いするなら、喋っちゃいけねぇんだ。ただ、じっと座って、何も言わず、首をだらりと下げてるほうが、通る人は気になるもんだ」

少年が、訳知り顔で頷いた。

筵を敷いてもいけないと少年は言った。

座った膝元に、薄汚れて縁《ふち》の欠けた茶碗を置いたほうがいいとも言う。

「物乞いにも、要領ってものがあるんだ」

少年が、したり顔で言った。

「てやんでぇ」

小さくぼやくと、巳之吉は筵を抱えて橋の袂をあとにした。


翌日の昼も巳之吉は横内橋の袂に座った。

筵を敷かず地べたに座った。

『壺屋』の台所から、縁の欠けた使い古しの茶碗をもらい、眼の前に置いた。

少年の言葉を真に受けたわけではないが、藁《わら》にも縋りたいという思いがそうさせた。

「はぁ」

項垂れた巳之吉からため息が洩れた。

「あんちゃん、やればできるじゃないか」

馬を引いて通りかかった昨日の少年が、足を止めた。

「向こうへ行ってろ」

低い声で顎を突き出した。

「稼げるといいね」

言い残して、少年が馬を引いていった。

がくりと項垂れた巳之吉の口からふたたびため息が洩れた。

物乞いの芝居のためではなかった。

巳之吉が寝泊まりする行灯部屋に、昨夜もお富が忍び込んできたのだ。

「勘弁してくれ」

巳之吉は逃げ腰になったが、

「お情けを」

お富の強力《ごうりき》に巳之吉は組み敷かれた。

ぐったりと伸びた巳之吉の横で身繕《みづくろ》いをし、ほつれ毛を掻き上げたお富が立ち上がると、

「巳之吉さん、このままずっとここにいてね」

笑みを残して部屋から出ていった。

巳之吉は恐怖に襲われていた。

このまま長居をしては、精も根《こん》も尽き果ててしまいそうだ。

お富から所帯を持とうと切り出されて断れば、どんな報復が待っているか。

昨日と今日で、合わせて五十文の心付けを得たが、宿代を払い終える額にはほど遠い。

『地獄だ』

腹の中で呟いたとき、ジャラリと音がした。

欠けた茶碗の中に一文銭が七、八枚あった。

投げ入れたのは、歩き去っていく老夫婦だと思われた。

巳之吉は思わず手を合わせた。

照りつける日差しを真上から受けて、巳之吉は暑さに朦朧《もうろう》とし、頭の中ではお富の嬌態《きようたい》がのたうちまわっていた。

ジャラリ、ジャラリと、銭が立て続けに茶碗に投げ入れられた。

「あいつのおかげだ」

呟くと、馬子の少年が去ったほうをそっと眼で追った。

そのとき、尻っ端折《しりばしよ》りをした逞しい足が止まり、茶碗の銭の上に一分（約二万五千円）が置かれた。

眼を丸くして顔を上げると、伊佐蔵の顔があった。

「岡部に着いたら、宿代を払えなくなった旅人の噂が耳に入りましてね」

伊佐蔵がしゃがみ込んだ。

「話に聞けば、峠に出る女狐《めぎつね》に騙されたとかで」

巳之吉が素直に頷いた。

「一分も、いいのかい」

巳之吉が探るように見た。

「二日も座り続けた一途《いちず》さに感心しましてね。見世物としてはなかなかのものでしたよ」

ちきしょう、見世物だってやがる——毒づいてやりたかったが、堪《こら》えた。

「ありがたく、いただきます」

巳之吉は頭を下げた。

「そうそう。女狐は、宇津谷峠を一緒に越えてくれる獲物を探しに、何度か行ったり来たりしてますよ」

立ち上がった伊佐蔵はそう言うと、横内橋を西へと渡っていった。

旅籠『壺屋』の主人夫婦の部屋に昼の光が満ちていた。

庭に降り注ぐ日差しが眩《まばゆ》い。

「これがお返しですよ」

女将のお島が、半紙に載せた金を巳之吉の前に置いた。

巳之吉が出した一分から宿代の残り分を引いた額だった。

「これは『壺屋』からのほんの心付けだよ」

主《あるじ》の寛兵衛が、紙に包んだ物を返金分の上に載せてくれた。

「ありがとうございます」

巳之吉が押し戴いた。

「巳之吉さんのような若い衆がいてくれたらいいんだがねぇ。どうだね」

寛兵衛が身を乗り出した。

「ありがたいお言葉ではございますが、旅をしろというのがうちの爺さんからの厳命でして」

巳之吉が殊勝に手を突いた。

部屋に戻って身支度を済ませた巳之吉は、儀右衛門宛てに一筆認《したた》めることにした。

岡部の宿で泊まった旅籠が人手不足で困っていたので、見るに見かねて何日も手伝う羽目になった――巳之吉は書き出した。

米や醤油の立て替えもしたので、金が不足した。

このままでは旅を続けられなくなるので、送ってもらいたい。

書き終えた巳之吉が、矢立を仕舞《しま》おうとすると、振り分け荷物の蓋の裏に貼り付けてあった紙の端が剝がれそうになっていた。

何気なく紙を剝がすと、一両小判が一つ顔を出した。

「えっ」

声にした巳之吉は、もうひとつの振り分けの蓋を見た。

そこにも貼り付けられていた紙を剝がすと、またしても一両が出てきた。

巳之吉が、手にした二両を呆然《ぼうぜん》と見つめた。

万一のときのためにと、誰かが忍ばせたに違いなかった。

儀右衛門か、るいか、母の多代か——いや、そんな殊勝なことをするはずはない。

とすれば、父の鎌次郎しかいない。

婿養子《むこようし》で気が弱い父だが、巳之吉のことは何かと気にかけてくれた。

江戸に帰ったら、もう少し父親孝行をしようと心に決めたとき、思わず涙がこぼれた。

「巳之吉さん、泣いてるのかい」

いきなり障子を開けたお富が、ずかずかと入ってきた。

「やっぱり、ここにいたいんだね」

「う、うん。だがね、親兄弟、爺様との約束事で旅に出なけりゃならねぇ。名残《なごり》は惜しいが、今日で別れだ」

巳之吉が背筋を伸ばすと、お富が身体ごとぶつかってきて、重なって倒れた。

「息が、息が」

お富の分厚い胸が巳之吉の口をふさいだ。


『壺屋』を足早に出た巳之吉が、西へと向かった。

昼過ぎの遅い旅立ちだが、一刻も早く岡部から離れたかった。

次の宿の藤枝《ふじえだ》は一里半ばかり先である。

都から江戸に戻る際は、岡部は素通りするつもりだ。

巳之吉が横内橋に差しかかったとき、男にもたれるようにして歩いてきた女が眼に留まった。

「お前っ」

巳之吉の声に足を止めた女はお高だった。

「まだここにいやがったか」

吐き捨てたお高が、男を置き去りにして、来た道を引き返した。

「待ちやがれっ」

追いかけようとしたとき、物乞いの要領を指南した少年が馬を引いて通りかかった。

「馬を貸せっ」

急ぎ三十文ばかり手渡すと、巳之吉は馬に跨がった。

「走らせろっ」

馬の腹を蹴り、手綱を振ったが、馬の歩みがのろい。

「おい、なんで走らねぇんだ」

「こいつは普段、畑を耕《たがや》す馬だから、走らないよう躾《しつ》けてあるんだ」

少年が馬上の巳之吉を見上げて言った。

「行けっ、走れっ」

懸命に腹を蹴り、激しく手綱を打ち振っても、馬はゆったりとした歩みを続けた。

逃げていくお高の姿が、馬上の巳之吉の視界から小さくなっていった。

「ちきしょうめっ」

逸《はや》って前のめりになった巳之吉が、慌てて馬の首にしがみついた。

ブヒヒ、昼下がりの東海道に馬の鼻息が響き渡った。

※この作品は双葉文庫のために
書き下ろされたものです。

双葉文庫

か-52-01

若旦那道中双六《わかだんなどうちゅうすごろく》【一】
てやんでぇ！

2016年12月18日　第1刷発行

【著者】
金子成人《かねこなりと》

【発行者】
稲垣潔
【発行所】
株式会社双葉社
〒162-8540 東京都新宿区東五軒町3番28号
［電話］03-5261-4818(営業)　03-5261-4833(編集)
www.futabasha.co.jp
(双葉社の書籍・コミックが買えます)
【印刷所】
慶昌堂印刷株式会社
【製本所】
株式会社宮本製本所

【表紙・扉絵】南伸坊
【フォーマット・デザイン】日下潤一
【フォーマットデジタル印字】飯塚隆士

落丁・乱丁の場合は送料双葉社負担でお取り替えいたします。
「製作部」宛にお送りください。
ただし、古書店で購入したものについてはお取り替えできません。
［電話］03-5261-4822(製作部)

定価はカバーに表示してあります。

ISBN978-4-575-66809-4 C0193
Printed in Japan

井川香四郎　もんなか紋三捕物帳
大義賊
時代小説
〈書き下ろし〉
公儀を批判し豪商らの醜聞を書き立てる人気戯作者の死体が江戸城の濠端に浮かぶ。城中奉行大久保丹後は十手持ちの紋三と探索を始める。

稲葉稔　百万両の伊達男
横恋慕
長編時代小説
〈書き下ろし〉
摺り師藤十郎にぞっこんの我儘娘お高から、恋仲の千鶴との仲を裂くよう懇願された慎之介。三十両で受けた矢先、思わぬ殺しが起こる。

今井絵美子　すこくろ幽斎診療記
泣くにはよい日和
時代小説
〈書き下ろし〉
養護院草の実荘に母子で身を寄せていたお千佳の家族。だが、妊娠中で臨月を迎えようとするお千佳の体調に変化が……。

風野真知雄　わるじい秘剣帖（五）
なかないで
長編時代小説
〈書き下ろし〉
桃子との関係が叔父の森田利八郎にばれてしまった愛坂桃太郎。事態を危惧した桃太郎は一計を案じ、利八郎を何とか丸めこもうとする。

風野真知雄　わるじい秘剣帖（六）
おったまげ
長編時代小説
〈書き下ろし〉
越後屋への数々の嫌がらせを終わらせることに成功した愛坂桃太郎だが、今度は桃子の母親・珠子に危難が迫る。大人気シリーズ第六弾！

経塚丸雄《きょうづかまるお》　旗本金融道（三）
馬鹿と情けの新次郎
長編時代小説
〈書き下ろし〉
お松との縁組が進まない新次郎に、大目付から婿入りの要請が来る。心揺れる中、榊原家でさらなる騒動が起こる。人気シリーズ第三弾！

小杉健治　蘭方医・宇津木新吾
別離
長編時代小説
〈書き下ろし〉
シーボルト事件で上島漠泉は表御番医師の座を追われ、香保も新吾のもとを去っていった。募る香保への思いに苦しむ新吾だったが……。

高橋三千綱

右京之介助太刀始末

お江戸の信長

長編時代小説〈書き下ろし〉

仙崎藩にフラリと現れた、〃若様〃奥山右京之介。此度の狙いはなんと秀吉の埋蔵金!? 藩のお家騒動に便乗し、若様は仰天の秘策を打つ。

千野隆司

雇われ師範・豊之助

家宝の鈍刀《なまくら》

長編時代小説〈書き下ろし〉

材木問屋の奉公人を刺殺した脇差は中西道場の弟弟子のものだった！ 弟弟子の無実を祈りつつ探索を続けた豊之助だったが……。

鳥羽亮

はぐれ長屋の用心棒

神隠し

長編時代小説〈書き下ろし〉

はぐれ長屋の周囲で、子どもが相次いで攫われる。子どもを探し始めた源九郎だが、その行方は杳として知れない。一体どこへ消えたのか？

鳥羽亮

はぐれ長屋の用心棒

仇討ち居合

長編時代小説〈書き下ろし〉

菅井紋太夫が若い娘に勝負を挑まれる。どうやら娘は菅井を、父親を殺した下手人だと思い込んでいるようなのだ。シリーズ第三十八弾！

中島要

かりんとう侍

青春時代小説

黒船来襲で揺れる幕末の江戸。呑気に生きてきた甘えん坊侍にも、次々と試練が襲いかかる。若様は時代の荒波を乗りきれるのか!?

葉室　麟

川あかり

長編時代小説

藩で一番の臆病者と言われる男が、刺客を命じられた！ 武士として生きることの覚悟と矜持が胸を打つ、直木賞作家の痛快娯楽作。

葉室　麟

螢草《ほたるぐさ》

時代エンターテインメント

切腹した父の無念を晴らすという悲願を胸に、出自を隠し女中となった菜々。だが、奉公先の風早家に卑劣な罠が仕掛けられる。

早見俊

千代ノ介御免蒙《こうむ》る
巫女《みこ》の蕎麦《そば》

長編時代小説〈書き下ろし〉

千代ノ介の婚礼で信濃屋の蕎麦が供され、その美味さに感激した将軍家斉は、闘食会に参戦。渋々付き合う千代ノ介の目前で思わぬ惨劇が！

幡大介

大富豪同心
走れ銀八

長編時代小説〈書き下ろし〉

放蕩同心・八巻卯之吉の正体がバレぬよう尽くす、江戸一番のダメ幇間、銀八に嫁取り話が浮上。舞い上がる銀八に故郷下総の凶事が迫る！

深水越《ふかみえつ》

岡場所揉めごと始末記
千弥《ちや》一夜

長編時代小説〈書き下ろし〉

お店者が起こした心中騒ぎは、置屋・於松屋の強欲な商売が原因かと思われた。さらに別の芸者が自死し大きな陰謀が見え隠れしはじめる。

藤井邦夫

日溜り勘兵衛　極意帖
押込《おしこ》み始末

時代小説〈書き下ろし〉

老舗呉服屋越前屋に狙いを定めた勘兵衛。だがその押し込みをきっかけに大藩を向こうに回す攻防に発展する。人気シリーズ興奮の最終巻！

藤原緋沙子

藍染袴《あいぞめばかま》お匙帖
雪婆《ゆきばんば》

時代小説〈書き下ろし〉

茶漬け屋の女将おつるが売った〝霊水〟で下痢の患者が続出する。妖艶で強かなおつるに不信を抱く千鶴。やがて思わぬ事件が起こる。

誉田龍一

使《つかい》の者の事件帖（五）
終わりよければすべてよし

長編時代小説〈書き下ろし〉

鹿之丞、お蝶が相次いで姿を消す。さらに親分の村雨卯之助も半死半生の重傷を負ってしまい猪三郎は単身敵に立ち向かうことを決意する。

矢的竜

椿の海

長編時代小説〈書き下ろし〉

明暦のころ、下総に椿の海と呼ばれる広大な湖があった。その湖を干拓する夢を抱いた者たちの三十年余にわたる人間模様を描く感動巨編。